媚《こ》びない老後

親の本音を言えますか?

桐島洋子
Yoko Kirishima

中央公論新社

はじめに

「子どもの世話になりたい」はわがままか

結婚せずに三人の子どもを産んだことから、私のことを反家族制度の先鋒みたいに思っている方もいるかもしれないが、私は家族や家庭がとても好きな人間だ。子育ても充分楽しんできたし、家族がいたからこそ、養うためにがむしゃらに仕事もした。

家族とはいいものだ。そう素直に信じてもいる。そして、できることなら最期は子どもたちの世話になりたいとも考えている。

もちろん私だって、最期まで自分でなんとかできればそれに越したことはないと思っている。だが高齢になれば、いつなんどき、何が起きるかはわからない。私も、もうすぐ八十歳になる。幸い今のところ自分のことは自分でできるが、死ぬまでそのままの状態でいられる保証はどこにもない。

なにも、子どもが介護をすべきだと言っているわけではない。たとえ施設に入所するとしても、もし認知症にでもなって私の思考が止まってしまったら、入所の判断や手続きは子どもにしてもらいたい。死んだら葬儀や遺産の手続きなど、残された人間がすべき面倒なことが山ほどある。そういうことも含めて、最期は、子どもが親の世話をするのは当たり前だと思うのだ。

とはいえ私も五十歳の頃は、自分が八十歳近くになってそんな発言をするとは思ってもみなかった。正確に言うと、老後のことなんて考えてもいなかった。

しかし歳を重ねるにつれ、自然と人生は回り持ちだという思いになってきた。それが家族というものではないか——。

あるとき「私の晩年、子どもとの理想の関係は」という著名人アンケート企画（『婦人公論』二〇一五年十月十三日号）の依頼があり、回答を求められた。「将来、歳をとったら子どもの世話になりたいですか？（はい／いいえ）また、その理由はなぜですか？」。私は迷わず、「はい」と答えた。

理由は、「人生は回り持ちです。無力な赤ん坊を一所懸命、一人前の大人に育て上げてくれたのは親なのですから、老いや病で力を失った親を、今度は子どもが支援するのは当然自然のことでしょう。私もいつかは遠慮なく子どもたちの世話になるつもりで、今からそう言い渡してあります」。

ところが私を含めて五人のうち、「はい」と回答したのは私一人。あとの四人は「いいえ」と答えている。

私の回答は、かなり議論を呼んだらしい。一番多かったのは、「まさか桐島さんがそんなふうに考えているとは思わなかった」「桐島さんらしくない」という意見だ。どうやら世間一般のイメージからすると、私の回答はまったく逆だったらしい。

老後は子どもの面倒にはなりたくない。それが本当に、大多数の人の本音なのだろうか。それとも、そう答えないと子どもから嫌われるとでも思っているのだろうか。

あるいは子どもに迷惑をかけるのは心苦しいと、本気で考えているのかもしれない。自分自身が介護で苦労した経験がある人なら、なおさらだろう。その気持ちは、わからないではない。

しかしなぜ、そこまで子どもに遠慮するのだろう。子どもを一人前の大人にするために、お金も心血も注いできたのに。

世間にも子にも媚びず突っ走ってきた

私はかつて「未婚の母」として、スキャンダラスにマスコミに取り上げられた。長女を産んだのは一九六四年。つづいて次女、長男を、いずれも結婚しないまま産んだ。確かに当時の感覚からすれば、充分スキャンダラスなことだったと思う。

これで子育てに失敗したら、「それみたことか」と、世間から恰好《かっこう》の攻撃の対象になるに違いない。それはちょっと悔しい。だから子育てに失敗したくないという気持ちも、正直、自分の中にあった。

その一方で、子どものために自分のしたいことを我慢するような人生は送りたくなかった。その両方の思いの中で、私は私なりに、子どもをどう育てるかを真剣に考え、さまざまな取捨選択をしてきたつもりだ。

長女、次女を産んだ後にベトナム戦争の従軍記者にもなったし、次女と長男は日本に残し、まだ幼い長女を連れてアメリカを放浪したこともある。三人の子どもを育て、精いっぱい仕事をしながら、恋もした。

持ち前のインディペンデント精神で、世間にも媚《こ》びず、子どもたちにも媚びず、突っ走ってきたと言えそうだ。

私はいわば「桐島丸」という船の船長で、子どもたちは乗船員。船長が冒険心にあふれていたため、この船は果敢に荒波に向かっていったこともあるし、ときには四人で凪《な》いだ海の風景を心から楽しんだりもしたものだ。子どもたちはこのいささか無謀な桐島丸に乗って広い世界に漕ぎ出し、さまざまな経験をし、風景を目に焼きつけ、それぞれ我が船を持つために巣立っていった。

さまざまな経験をして世界を見てきたおかげで、父母やきょうだいがちゃんといて、いつも仲よし、という家族だけが家族なのではない、ということも私の持論になった。

美しい八十代を楽しみに

八十歳を目前にして改めて振り返ってみると、いいことも悪いこともあったが、まぁ、よしと言える人生だったように思う。子育てに関しても、そこそこうまくいったのではないだろうか。

　気がつくと孫が七人。少子化の時代、末広がりという意味では、なかなか上出来なファミリーと言えそうだ。長女に至っては、四人も子どもを産んでいる。彼女もたぶん「家族とはいいものだ」という思いがあるからこそ、四人の子の母となったのだろう。

　もしこの先、私が自分の面倒をみることができなくなったら、きっと子どもたちは私を支えてくれるだろう。あえて言葉には出さないが、それなりの覚悟はできていると思う。自然とそう考えるような子どもに育ってくれたのは、親として嬉しいことだ。

　重ねて言うが、私は家族という関係、家庭という環境が好きだ。今の時代、家族は鬱陶《うっとう》しいもの、重いものだと感じている人が多いとすれば、それはとても残念なことだと思う。なぜなら人間にとって家族とは、重要なセイフティーネットでもあるからだ。

　もちろん、家族がいなくてもなんとかなるだろう。天涯孤独の人生も、それはそれでいいかもしれない。また、家族のせいで重荷を背負っている人もいるかもしれないし、一時期、家族の存在を面倒に感じるのも、よくあることでもあるだろう。しかし私は、家族のありがたさ、あたたかさを充分味わって、この世を去りたいと思っている。

重く鬱陶しいから家族が疎《うと》ましいのなら、軽やかで風通しがよく、それでいて愛情深い関係を築けばいい。子どもから「重荷だ」と思われない親になるよう、若いうちから心がけることも必要だ。

今の世の中、親が子どもに迎合しすぎているという話をよく耳にするが、子どもを大切にすることと媚びることはまったく違う。媚びることなく、風通しのいい家族でいるためには、どうすればよいのか。八十歳を目の前にした今、思いつくまま、悪戦苦闘し続けた人生を振り返ってみたいと思う。

媚びない老後 ◆◆◆ 目次

第2章　傷一つない完璧な家族などいない

第4章　「林住期」からの人生の楽しみ方　157

第5章　美しき老後に向けて　185

おわりに　201

装幀　國枝達也
構成　篠藤ゆり

媚《こ》びない老後

親の本音を言えますか？

第1章
大切に育てることと媚びることは違う

親の最大の仕事は子どもを追い出すこと

親の最大の仕事は、子どもを一人前の大人にし、親を必要としない存在にしていくことだと思う。言い換えると、「生きる力」をつけさせることだ。

そもそも子どもを産むこと自体が、自分の子宮から追い出すことだ。生まれた瞬間から、子どもは自立に向けて、ゆっくりと歩み始める。

もちろん、無理に早く家から追い出す必要はないだろう。しかし自ら家を出て自立していける人間に育ってもらわないと、親が歳をとったとき、経済的なことも含めて親子共倒れになりかねない。

子どもが未成年の間、まるで子どもにかしずくようにしておきながら、大人になって急に自立させようと思っても、それは無理な話だ。まずは自分のことは自分でできるよう、極力早いうちから、生活者としてのベーシックな能力を身につけさせることが大切だ。

自分で洋服を着るところから始まり、ご飯をつくる、食器を洗う、家をきれいにする、洗濯をするといった家事は、小学生のうちからどんどんさせたほうがいい。ついでに人のことまでできるようになったら、それに越したことはないけれど、とりあえず自分の始末は自分でつけられるようにするのが出発点。そのうち手伝うのではなく、自分たちでするようになる。

私の場合、シングルマザーとして三人の子どもを育てなくてはいけなかったので、物理的にもべったりと子どもの面倒をみることは不可能だった。だからできるだけ早いうちから、自分のことは自分でさせるようにしていた。そのうち三人で協力して食事をつくったり、上の子が末っ子の身の回りのことを手伝ったりするようになった。

家事に男も女もないので、もちろん息子にも、料理も洗濯もさせた。ただある程度の年齢になると、男の子のほうが力で勝るので、力仕事は男の子が受け持つことになる。だから息子は力仕事も家事も両方しなくてはならず、女の子よりちょっぴり負担が大きくなる。

育児書などは一切読まなかった

私自身、小さい頃から、よく家事の手伝いをさせられていた。台所の手伝いをするのは当然のこととされていたので、子どもの頃から料理ができた。

料理でもなんでも、子どものうちに慣れていると、大人になってからまったく苦にならない。私は忙しいときにも手早く料理をしたし、ホーム・パーティーも得意になった。そのおかげで友人も増え、さまざまな人間関係が広がった。だから親が家事能力をつけてくれたことに関して、とても感謝している。

うちの親はリベラルではあったが、放縦ではなく、知的で教養豊かであった。当時としては、ひじょうに親子の会話が多い家庭だったと思う。会話の内容は日常的なことだけではなく、芸術から世界情勢、政治、哲学など、かなり幅が広かった。

子どもに対しては決して権威的ではなく、子どもが考えていることを尊重もしてくれた。ただし、怖いときは本当に怖く、とくに母は子どもたちの躾《しつけ》に関して相当厳しかった。

子育てのスタート時点では、自分がどう育てられてきたかということが唯一の手がかりになるので、親から学んだことは多かったように思う。うちの親がしてきたことは、そう間違っていないと感じていたので、その通りにすればよかったのだ。

私が子育てを始めた当時も、育児書などはあったが、私はその類の本は一切読まなかった。もし読んで、自分にはできそうもないことが書いてあったら、かえってストレスになるからだ。

情報が多ければ多いほど、人は不安になりやすい。だからあえて育児書は読まず、自分が育ててもらったときのことを思い出し、その通りにしようと思った。

大人には大人の特権がある

私は子どもが小さい頃から、「誰々ちゃん、何々でちゅよ〜」みたいないわゆる「子ども言葉」を一切使ったことがない。大人に話すのと同じ口調で話していた。うちの親も、私たちきょうだいに対して、子ども言葉は使わなかった。たぶん両親は、正しく美しい日本語を子どもに教えるという気持ちが強かったのではないだろうか。言葉遣《づか》いに関して、とても厳しい親だった。

子ども言葉を使わないというのは、子どもを一人の人格として認めていることにもつながる。私は相手の知性も極力認め、普通の言葉で話すようにしていた。

だからといって、大人と同格とみなしているわけではない。大人は大人、子どもはあくまで子ども。大人が子どもの立場に降りていく必要はない。むしろ、子どもの分を守らせるのが大事だと思う。

大人には大人の特権がある。そこに子どもを踏みこませるのはいかがなものか。たとえば家にお客様がいらした際も、最初に子どもにご挨拶をさせたら、後は子ども部屋で過ごさせ、大人の場には出てこないようにするのがけじめというものだ。

私も子どもの頃は、「子どもが大人の場にちょろちょろ入ってきてはいけない」「大人の話に割り込んではいけない」と、固く戒められた。ある意味、子どもは差別されていたと言ってもいい。だが、それに慣れてしまえば、そんなものだと思えるようになる。

ところが最近、日本では、お客様が来ても大人が子どもに合わせようとする。子どもに媚びていては、お客様に対して失礼だ。子ども連れのお客様の場合は、子どもは子どもたちだけで遊び、親は大人どうしの会話を楽しむ。そういうけじめは、しっかりつけるべきだと思う。そうでないと、子どもは増長するし、大人が大人の時間を楽しむ成熟した文化も育たない。

後に海外によく出かけるようになると、とくにヨーロッパでは、小さい頃から大人と子どものけじめに関して相当厳しく躾けることを知った。レストランや電車やバスの中など、公共の場でのマナーも、口やかましく親が教えている。そのせいか、日本みたいにレストランや乗り物の中で子どもが騒いでいる光景はほとんど見ない。

寿司店で「トロ」を注文する子ども

食べ物も、大人にだけ許される贅沢《ぜいたく》品というものがある。昔は親が「これは子どもが食べるものではありません」と毅然《きぜん》と言い、「大人のもの」を子どもに食べさせないのが普通だった。でも最近はそのあたりのけじめがなくなり、贅沢品でもなんでも子どもに食べさせる親も少なくない。寿司店で小学生くらいの子どもが、いっぱしに「トロ」などと言っているのを聞くと、親の見識を疑いたくなる。

近頃の子どもはまるで王様だ。祖父母も親も子どもに迎合し、媚びてご機嫌をとる。親が子どもにかしずいているようにさえ見える。「子どもの分」などという概念さえ、なくなってしまったようだ。

しかし、子どもの頃から「場をわきまえる」「分を知る」という習慣をつけておかないと、大人になって社会に出たときに苦労をする。社会人として通用しない人間になる可能性があるのだ。

子どもにしてみれば、「子どもだから」という理由でいろいろ我慢させられるのは、理不尽に感じられるかもしれない。しかし世の中に出たら、理不尽なことは山ほどある。そのとき、矜持《きょうじ》を持って闘うにせよ、とりあえず飲みこんで自分なりに対処するにせよ、何がしかの精神力は必要だ。ある程度の耐性を身につけさせることも、子どもを自立させるためには大事なことだと思う。

「友だち親子」の弊害

「友だち親子」という言葉が一般的になったのは、いつくらいからだろうか。おおむね肯定的に使われているようだが、私はどうも違和感を覚える。

親は子を産み、育て、守り、経済的に扶養し、教育を授ける。いわば一方的に「与える」立場だ。あくまで平等であるべき友だち関係とは違い、決して対等な関係ではない。

そのかわり親は、子を一人前の大人に育て上げるという大きな責任も負っている。

ところが最近は、母と娘の間で「友だち親子」などと称し、やたらベタベタ仲よくする親も少なくないようだ。子どもは親にタメ口で話し、親もそういう関係を喜んでいたりする。

親が嬉しそうに「うちは友だち親子だから」などと言っているのを聞くと、私は鼻白むし、親が子に迎合しているようにも感じられる。

そういう横並びの関係になってしまうと、子どもは無意識のうちに与《くみ》しやすい親だと思うようになり、自分の都合のいいように親を利用する習性を身につけはしまいか。それが結果的に子の自立を妨げることになるとしたら、長い目で見たとき、決して子どものためにならない。

いつまでたっても、親の金を当てにするようになるかもしれないし、結婚しても実家を頼りきり、自分の家庭を経営できないかもしれない。結婚生活の中で起きるさまざまな問題に対処する力がなく、小さな子どもを連れて、あっという間に離婚して実家に帰ってくることもあるだろう。そして生活力のないまま、ずるずると親を頼って生きる。

子を産んだからには、親には、その子を一人前の大人に育て上げ、社会に送り出すという大きな責任と義務が課せられる。親が子の次元に降りていってベタベタ仲よくするより、自立した人間として生きていける能力を身につけさせることのほうがよっぽど大事な仕事だし、それこそが親の一番の責務ではないだろうか。

子どもが未成年のうちは、親は威厳を持って子どもに接したほうがいい。親子は親子であり、友だちではないのだから。

親は威張ってもいい

親が扶養している限り、子どもはあくまで半人前だ。だから親は、親であるということだけで、子どもに対して多少威張ってもいいと思う。ただし威張るには何かしら威張れるだけのものを持っていないと、なんの説得力もない。それどころか、子どもにとって、ただの鬱陶しいうるさい親になってしまう。

威張る材料は、なんでもいい。ガーデニングが得意とか、料理が上手だとか、そういうことでもかまわない。

私の場合は、それなりに仕事をして生きてきたし、自力で三人を育てたのだから、生活力という点では多少は威張ってもいいかもしれない。料理の腕も、ちょっぴり威張れる。いい友だちを大勢持っているというのも、かなり自慢できることだ。

私は三人の子どもを、途中からインターナショナル・スクールに入れたが、学費は相当なものだった。長女は自分が子どもを持って初めて、インターナショナル・スクールに子どもを入れるのにどれほどお金がかかるかを知り、母親がどれほど自分たちのために投資をしてくれたのかを知ったと、感謝してくれた。

もちろん、私にはダメなところもたくさんある。

子どもを日本において放浪の旅に出たこともあるし、恋に夢中になると突っ走ってしまうところなども、子を持つ親としては、あまり褒《ほ》められたものではないだろう。

イヤなことはすぐ忘れてしまうというのも、得な性格ではあるけれど、別の見方をすればずいぶんと調子のいい、ご都合主義の人間だとも言える。ただ、その楽天性があったからこそ、三人の子どもを抱えて荒波を渡っていけたのだとも思う。

子どもを大切にすることと媚びることは違う

うちでは小さい頃から、子どもたちに私のことを「お母様」と呼ばせていた。私も父や母のことを「お父様」「お母様」と呼んでいたが、「お父様」「お母様」という言葉には、親を自分より目上の存在として敬うニュアンスが含まれている。

普段からそういう言葉遣いをしていると、自然と親との距離やけじめ、尊敬の念が生まれ、決して「友だち親子」にはならない。呼称に続く言葉も乱暴にはならず、自然と丁寧になる。ちなみにうちの子たちは、今でも私のことを「お母様」と呼ぶ。

言葉というのは、精神を引っ張る力がある。

ぞんざいな言葉を使えば人間関係がぞんざいになるし、丁寧な言葉を使えば人への接し方も丁寧になる。尊敬語や謙譲語を使っているうちに、実際に尊敬の念も湧いてくる。

親子の間でも、呼び方や普段の会話での言葉遣いは、子どもの人格形成に大きな影響を与えると、私は考えている。

また、日本語の敬語の使い方は複雑で、大人になり社会に出てから急に使えと言われてもそうそうスムーズに使えるものではない。小さいうちから体に叩き込んでおかないと、いざというときに困るだろう。

子どもを本当に大切にすることと、子どもに媚びることは、まったく違う。子どもを大切に思うからこそ、親子のけじめをつけ、ときには厳しくする必要がある。

家族は一度解散したほうがいい

思春期を経て、子どもたちが自立へと向かい始めたら、子育ての仕上げとして家族は一度解散したほうがいい。

子の行く手に何が待ち受けているのか、親として心配だろうし、子どもたちが船から下りるのは寂しいだろうが、そこはぐっと我慢。ここから子どもたちはそれぞれ自分専用の小さなボートに乗り換え、自分の力で大海原に漕ぎ出さなければいけないのだ。

我が家の場合どういう形で「家族解散」に至ったかは、第3章で詳しく述べるが、家族解散後、親も子も人生の新しい季節が始まる。親は親で、自分に訪れた新たな季節を充分に楽しみ、もし子から助けを求められたときは、人生の先輩として手を差し伸べればいい。

解散を怖がって子を家に引きとめたり縛りつけたりしていると、子どもは自立できないまま、先々親にパラサイトしてしまうかもしれない。

順当に行けば、親は子より先に逝く。一生、守り続けることはできないし、やがて親は老いてゆき、力もなくなる。

家族を解散させるためには、親自身が精神的に自立している必要がある。自分の人生に充足し、幸せを感じていないと、とかく子どもにしがみつきがちだ。そうならないためには、子どもが小さいうちから、親はいかに自分自身の人生を充実させるか、考えたほうがよさそうだ。

友だち親子は極上の関係、老後にとっておく

子どもが自立し、自分の家庭をつくり、やがて子の親となる。世間の荒波を自力で乗り越え、さまざまな失敗や経験を経て、人間として成熟していく。そのとき初めて親と子は、一人の人間対人間、大人対大人として、対等な関係をつくることができる。

私は今も三人の子どもたちの母親であることに間違いないが、たとえ血がつながっていなかったとしても、友人としてつきあっていきたいなと思う人間に育ってくれた。それぞれ自分らしく生きて、おもしろい個性を持っているので、つきあうに値する人間だと思う。

親子という上下関係が、仲間、あるいは友人という水平関係に変わるためには、その間に必ず「子どもの自立」という時期が必要だ。子は自力で、人生という大海に漕ぎ出さなくてはいけない。その間、子どもは自分のことで精いっぱいなので、親孝行どころ

ではない。自然と親との距離も開くだろう。

しかし、親もきちんと自立した一人の人間であり、子も自立できたなら、いずれまた距離が近くなる時期が来る。つまり本当の意味の「友だち親子」は、歳を重ねて初めて手に入れることができる、極上の人間関係だと私は考えている。

今はまだ私自身、自分のことは自分でできるので、対等な関係でいることもできる。しかしこの先、もし私が重篤《じゅうとく》な病気や認知症にでもなったら、関係が逆転するかもしれない。今度は子どもたちが与える側になり、私が幼い子どもと同じように無力な存在となるのだ。そして、やがて終わりを迎える。

そうやって世の中は、順番に回り持ちで巡っていく。

我が家は〝放任〟ではなく〝放牧主義〟

私はシングルマザーだったため、三人の子どもを育てるには、とにかく私が働いて稼ぐしかない。だからいつも、仕事を最優先にせざるをえなかった。

ときにはお弁当を持参して公園に行って、一日中駆けずり回っている子どもたちを目の端に入れながら、樹下にゴザを敷いて原稿を書き続けた。夏になると子どもたちをプールに連れていき、私はプールサイドのデッキチェアで夕方まで原稿を書き、最後にひと泳ぎして子どもたちと帰途につく。なかなか快適な〝放牧生活〟だった。

しかしプールで過ごすうちに、ひたすらプールサイドから子どもを見張っている母親がずいぶん多いことに気づいた。せっかくプールに来たのに、泳ぐこともせず、子どもに向かって「そっちは深いから行っちゃダメ」とか「危ない」などと、しじゅう金切り声を上げている。

私の子どもが深いところに飛び込んだりすると、「おぉ、こわ。溺れたらどうするのかしら。親御さんは見ていないのかしらね」などと、聞こえよがしに非難がましいことを言う。まったく余計なお世話だ。

私は、ちょっとのことでは溺れないくらいの訓練は、子どもたちにほどこしている。それにもし溺れたとしたら、私が飛び込んで助ければいいのだし、そのためにそこにいるのだ。子ども時代は毎日のように海で泳いでいたし、泳ぎにはかなり自信がある。

私は子どもにあまり干渉しないが、かといって放任主義というわけでもない。あえて言えば放牧主義だ。視界の隅でそれとなく様子を観察しながら、野に放って自由に行動させる。もし危険なことがあれば、さっと飛んでいき、子を守る。

私自身は自然豊かな葉山で子ども時代を過ごし、海や山を駆け回って遊んで暮らした。その経験が自分の人格形成に大きく影響し、心身のたくましさも授けてくれたと実感している。自分の子どもには、なかなか私の子ども時代のような環境は用意できないが、可能な範囲で、野生児でいてもらいたかった。

子どもは遊びの中で想像力や順応力を磨き、生命力を育てていく。

人生に対して臆病な人間にならないためには、冒険心も必要だ。そのために私は、子どもたちをなるべく放牧することにしたのだ。

子どもにお金の話をするのは卑しくない

我が家では常に、家計をオープンにしていた。

私はこれだけ稼いでいる。その中から家賃、光熱費、水道料金、食費、教育費、税金、保険にこれだけかかり、このくらいは貯金しなければいけない。したがってあなたがたにあげられるお金はこの金額であると、公明正大に公開財政にしていた。だから子どもたちも、納得せざるをえない。

光熱費も、こんなにかかっているなら、電気をつけっぱなしにするのはよそう、暖房もなるべく我慢しようと考えるようになる。節約前と節約後の請求書を見比べたら、違いは一目瞭然。やみくもに「電気はすぐに消しなさい」と言っても子どもは聞かないが、家計を公開することで納得する。

ときには「お母様、私たちはこれだけ努力して光熱費が減ったのだから、そのぶん、おこづかいを上げてください」と、理詰めで要求してきたりする。ゲーム感覚で節約し、それを自分たちのメリットにつなげようという魂胆だ。そうこられたら、こちらも聞き入れざるをえない。

おこづかいはわりと小さいときから渡し、自分のほしいものは予算内でやりくりさせた。おこづかいを上げてほしいときは、家族会議の議題にし、きちんと親を説得するのが我が家のルール。向こうもあの手この手で考えてくるが、なるほどと思える理由で納得させられたら、応じることにしていた。

説得されるのは、親として嬉しいことでもあった。こんなに理路整然と、大人を説得できるだけの思考と言語を手に入れたのか、と。

余裕があるときは、子どもたちを連れて海外へと飛び出した。そんなこともあって、ある時期から、おこづかいの金額をドル建てにした。もちろん渡す現金は円だが、金額を決めるのはドル建て。すると子どもたちは、しょっちゅう為替を気にするようになり、テレビのニュースを見たり新聞を読むようになる。

為替の動向いかんによっては、自分たちのおこづかいが目減りすることもあるのだから、彼らも真剣だ。為替が変動するのはなぜか、といったことも興味を持つようになった。こうして自然に、外国為替に関して学んでいった。

日本の親は、あまり「お金」に関する教育をしないようだ。

なぜ、子どもに隠すのだろう。お金の話をするのは卑しいという感覚があるのだろうか。しかし、親が毎月どれだけ働いて、どれだけ稼いでいるというのは、子どもに教えたほうがいいのではないだろうか。

お金の話は、子どものうちからきちんとして、経済の感覚を身につけておくべきだと思う。「やりくり」の実態を知り、身をもって経験すると、自分も将来、うまくやりくりができるようになる。金銭感覚を身につけることも、「生きる力」の一つではないだろうか。

勉強机はいらない

私が子育てをしている頃は、世の中は経済成長を迎え、住宅状況も少しずつましになっていった。すると親たちは、できれば子どもに独立した部屋を与えたいと考えるようになった。当時は「子ども部屋」とも「勉強部屋」とも言われたものだ。

今も、できれば子ども専用の部屋を与えたいと、多くの親が望んでいるだろう。そして念願かなって子ども部屋を用意できたら、たいていの親が、勉強机を買い与える。

でも私は、子どもに勉強机はいらないと考えている。子どもが寝る部屋はあってもいいけれど、勉強はリビングルームですればいい。

子ども部屋は、洋服や生活用品、本や文房具などを収納し、寝るための部屋。それ以外の生活は、家族一緒にリビングルームで。それで充分ではないだろうか。すると親は、家事をしながらでも、目の端でさりげなく子どもを観察することができる。

子どもにあまり向き合いすぎると、子どもは鬱陶しがるが、子どもを観察して注意深く見守るのは大切だ。そのためには、学校から帰ったら自分の部屋にこもる環境は、あまり好ましくないと思う。

貧しくても行事は大切に

私は明日をも知れぬ貧乏暮らしの頃も、子どもたちの誕生日やクリスマスは精いっぱい祝うことにしていた。食べるあてのない放浪の旅の途中であっても、クリスマスともなればツリーを手づくりし、その下にプレゼントの山を築いた。

もっともプレゼントといっても、靴下やノートなど、いずれ買わなくてはいけない生活必需品ばかり。それらを子どもたちが寝静まってから一つひとつきれいにラッピングして、何かしらコメントを添えてツリーの下に積み上げておいたのだ。

クリスマスの朝、みんな「それーっ」とツリーに殺到し、自分あてのものを見つけて包み紙を破いては歓声を上げる。なかなか壮観な眺めだった。

私が行事にこだわるのは、親も私にそうしてくれたからだ。

後に詳しく述べるが、桐島家は戦争を境に没落し、耐乏生活を強いられることになった。それでも両親は誕生日、クリスマスなどの祝い事を大事にし、お金はかけられなくても手間暇をかけて盛大に祝ってくれた。そのたびに私たち子どもは、親からこんなに愛されているのだと感じ、みじめな思いをしないですんだ。

私もその習慣を受け継ぎ、経済的に苦しいときも、行事をおろそかにはしなかった。

これは桐島家のファミリー・トラディションとして、三人の子どもたちにもしっかり引き継がれている。

基本的な躾は家庭で

私は子どもたちに、「勉強しなさい」と言ったことはない。私自身、子どもの頃は勉強が嫌いだったので、我が子が勉強嫌いでも仕方がないと思っていたからだ。

学校に行きたくないと言い出しても、気にしなかった。「あら、そう。じゃあ行くのやめたら」で終わりだ。

親になると、なぜか自分の子ども時代のことを忘れる人が多いようだ。自分も通ってきた道なのに、過剰に心配したり、抑えつけようとする。私はできるだけ、自分が子どもの立場だった頃の感情や感覚を思い出すようにし、それと照らし合わせて子どもと接するようにしていた。

私は小さい頃から、学校というものがどうしても性に合わなかった。公立の小学校から始まり、私立中学、公立中学と学校をいろいろ変わったが、どこも好きにはなれなかった。都立駒場高校をまがりなりには卒業したが、後半はほとんど学校に行っていない。よくあれで卒業させてもらえたものだ。

とにかくみんなと同じように前を向いて先生の話を聞くことが、どうにも苦痛だった。だから子どもたちが学校に行きたくないと言い出しても、私の子どもなのだから、まぁ、仕方ない、くらいにしか思わない。

私の昔の通知表が残っているが、そこには「授業中の態度が悪い」「授業に集中できない」とか、いろいろ書かれている。成績にムラがあって、美術や文化系の学科はいい成績だが、理数系は惨憺《さんたん》たるものだった。私にとって学校は、友だちをつくる場として以外、ほとんど意味を持っていなかった。

学校の成績がひどくても、親は何も言わなかった。

たぶん父も母も、学校というものがあまり好きではなかったのだろう。父は東京帝国大学の経済学部を出ているが、「東大の経済を出ても、財産をつぶすことしかできなかったのだから、学校なんてなんの役にも立たない」とよく言っていた。

そもそもうちの親は、子どもの学校に対して期待をしていなかった。私も同様だ。だから子どもにも「学校なんて、無理して行かなくてもいいよ」と言っていた。

最近は学校に大きな期待をかけ、さまざまなことを要求する親が増えているようだが、私には考えられない。なかには基本的な躾まで学校に求める親もいるようだが、それは家庭ですべきことだと思う。

本で想像力を育てる

　私は学校の教室ではいつも寝るか本を読むかで、先生の話はまったく聞いていなかった。聞いてもどうせ右から左に抜けていくので、時間の無駄だと思っていた。そのかわり、本はせっせと読んだ。

　本を読むのが好きになったのは、一つには、家に親の本がたくさんあったからだ。本が当たり前のようにある環境だったし、テレビもゲームもない時代だったのも幸いだったと思う。

　少女時代、私は本の中に飛び込んで、いろいろな人の悲しみや苦しみ、喜びを感じることができた。想像力を働かせ、いろいろな人の人生を疑似体験したと言ってもいい。それが、本のすばらしいところだ。

　映像はある意味、すべてを見せてくれるから、なかなか想像力が育たない。そこへいくと本は、自分でいろいろ想像して補わなくてはいけないので、想像力が育ちやすい。

本は、一筋縄ではいかない人間の営みの複雑さや人の心の機微を、私たちに教えてくれる。多くの本に触れることで、他者を理解する心が育ち、人間に対する想像力が深まっていく。

だからこそ子どもたちにも、本はできるだけたくさん読ませたいと考えた。

私の場合、平日は仕事が忙しくてなかなか子どもたちと遊べなかったので、日曜日は散歩のついでに、子どもを連れて書店に行くことにしていた。書店に着くと「ほしい本があったらいくらでも買ってあげるから、いい本をいっぱい選んでおきなさい」と言い、一時間ほど放牧しておく。そしてそれぞれお気に入りの本を手に、帰りにみんなでおいしいものを食べて帰るのが、我が家の習慣だった。

おかげで子どもたちは、本を読むのが好きな人間に育ってくれた。その点は、親としてとても嬉しいことだ。

子どものために自分を我慢しない代わりに

私の場合、書く仕事だけではなく、テレビの仕事や講演なども多かったため、家を空ける時間が多かった。ただ、どんなに忙しくても子どもとのコミュニケーションは大事にしたいので、直接言う時間がないときはメモを書いて残すようにしていた。いわば業務連絡だ。

子どもの食生活をないがしろにはしたくなかったので、忙しい合間を縫って料理もまめにしていた。夕食時に家にいない場合は、「夕食は冷蔵庫に入っている」「鍋の中のものを温めて食べなさい」などと、メモに書いて残す。だからどれだけ忙しくても、子どもたちはほったらかされているとは思わなかったはずだ。

子どもが三人いたのも、よかったと思う。これが一人だったら、かえって大変だったのではないだろうか。三人よれば文殊の知恵ではないが、ときにはきょうだいで一緒にご飯をつくるなど、知恵を出し合い、協力して、日々過ごしていた。

私は仕事も恋も、「子どものために」という理由で我慢したことはない。ただ、子どもをほったらかしにはしなかった。やはり優先順位として、子どもがもっとも大切だと考えていたのだ。恋も大事だけど、恋人か子どもかどちらをとるかというような状況になったら、迷わず子どもをとっただろう。

私が恋をすることについて、うちの子たちはそれほど露骨に嫌な顔はしなかった。いくら恋人がいても、子どものほうが優先順位が上であることをしっかり示していたのも、よかったのかもしれない。そして何より、私がイキイキと楽しそうに生きていることが、彼らにとっても居心地がよかったのだろう。

まわりの家庭と比べるのをやめると楽になる

そもそも私には、「いい母親と思われたい」という気持ちはあまりなかった。

むしろ子どもたちからも、いい女、あるいはちょっとカッコイイ大人だと思われたかった。だからボーイフレンドとつきあいたかったらつきあったし、おしゃれもしたし、外国に行きたければどんどん行った。そしてときには、「カッコイイ大人」と思わせるため、少々やせ我慢もした。

子どもをそれぞれ別の人に預け、世界を放浪したこともある。だから一家離散の時期もけっこうあったが、また顔を合わせれば、すぐに元に戻ってきょうだい仲よくしていた。

当然、「子どもをそんなふうに預けるなんて」と、眉をひそめる人もいた。でもこちらは「未婚の母」ということで最初から世間体は破綻《はたん》しているので、今さら世間体もへったくれもない。

まわりの家庭と同じでなければいけないという気持ちを捨てると、とても楽になる。比べることをやめれば、肩の荷も下りる。私の場合はもともと世間並みではなかったし、誹謗中傷《ひぼうちゅうしょう》にも慣れていたので、そのぶん楽だった。

そんなわけで子どもがいたから何かができなかったということは、まずなかった。私は子どもの都合に合わせるより、自分がしたいことを優先させる、自分勝手な母親だった。

親のほうに、「子どものために自分は我慢をした」という気持ちがあると、子どもは恩着せがましいと感じ、親を重たく、あるいは鬱陶しく思うようになる。すると親は親で「私の気持ちを子どもはわかってくれない」「私はこんなに自分を犠牲にしたのに」と、人生に不満を抱くことになる。そうなったら、親子どちらも不幸だ。

子どもから「母が重い」と思われている母親は、自分の人生に満足していないに違いない。だから、どこかで子どもを自分の代理みたいに思い、願望を押し付けてしまう。「この子のために自分を犠牲にして」などと思うと、いいことは何もない。親の被害者意識は、子どもにとって迷惑以外の何ものでもない。そうならないためには、いい母親でいようとするよりも、自分が幸せでいることのほうが大切なのではないだろうか。

多様な環境が子を教育してくれる

子どものうちにさまざまな文化や価値観に触れることは、人間形成上とても重要なことだ。その点に関しては、私はかなり意識していた。子どもの父親がアメリカ人という事情もあったが、それだけではない。世界にはさまざまな人種がいて、文化も違えば価値観も異なるということを、身をもって体験してもらいたかったのだ。

私自身に関して言えば、小さい頃、当時国際都市であった上海で暮らしたことが、ものの感じ方、考え方に大きな影響を与えたと考えている。外国人の友人もできたし、理不尽なことや社会の矛盾を目の当たりにし、幼心を痛めることもあった。決して楽しい思い出だけではないが、子どもなりに世界というものを肌で感じたことは、大きな財産となった。

子どもを連れてよく海外を旅したのは、もちろん自分が旅をしたかったからだが、子どもたちの見聞を広めるのも大きな目的だった。そのため稼いだお金は、子どもとの旅に惜しみなく投資をした。

旅先はいわゆる先進国だけではない。世界には貧しい国もあるし、社会の矛盾の中で懸命に生きている人たちもいる。その姿も、子どもたちに見せたかった。日本の生活や日本の常識だけを基準にものを考えてはいけないと、早いうちから気づいてもらいたかったのだ。

海外では、子ども連れの人に本当に親切にしてくれる。それも海外のいいところだ。小さい頃にそういう経験をすると、自分も人を助けないといけないと学ぶ。お返しをしなくてはいけないという気持ちが生まれ、よその家に行っても、お手伝いをよくするようになる。つまり環境が、子どもを教育してくれるのだ。

旅行中はいやでも四六時中一緒にいるので、日頃のつきあい不足も解消できる。私が必死に働いているのを見ていたから、その稼ぎで旅に連れていってもらえることに、感謝もしていただろう。子どもたちも、次はどこに連れていってもらえるのかと、楽しみにしていたようだ。

横並びで同じ景色を見よう

旅のいいところは、同じ風景、同じ出来事を親子で共有できることだ。毎日新しいことが起き、毎日違う景色を見るので、飽きないし、話題にもこと欠かない。家族で向き合うのではなく、横一列に並び、同じ方向を向いていればいいのだ。それがまた楽しいし、ワクワクできる。

同じ景色を見ても、みんなそれぞれ感じ方も違えば、感想も違う。夕食になると、その日の出来事をみんなで話すだけで、大いに盛り上がる。

あまり懐に余裕がないときは、ゲーム感覚でケチケチ旅行を楽しんだ。一日の予算を決めて、いかにその中でやりくりするか。旅費もローカルバスを乗り継げば安くなるし、食事も三食でいくらと決めると、これとこれを食べるといくらになると計算して、自然と倹約するようになる。倹約はゲームにすると、みじめな気持ちにならないですむ。

節約旅行を経験すると、ちょっとリッチな旅行のとき、ありがたみもわかるし、感激も大きい。幸い私はそれなりに収入が多い時期もあったので、ときには多少贅沢な旅もした。

極限の貧乏旅行もすれば、一流のものも見聞させる。子どもたちには、その両方を経験してもらいたかった。一流のホテルやレストランではマナーを覚えさせ、節約旅行ではたくましさと順応力を身につけさせる。そのどちらも、大切な「生きる力」だと思う。

親子は向き合わなくていい

世間では「親子で向き合うことが大事」などとよく言うが、私はそもそも、親子がそうそう向き合う必要などないと考えている。

親子があまり向き合っていると、お互いに息苦しくなる。とくに子どもの立場に立つと、いつもいつもまじまじと見つめられたら、だんだん親を鬱陶しく感じるのではないだろうか。親と向き合うなど、一年に一度くらいならしてもいいけれど、普段は横並びがいい。

よく言われることだが、人生は旅のようなものだ。親と子は、同じ船に乗り、航海に出る仲間のようなもの。船長である親は、船員の命を守る義務があり、先々広い海を自力で渡れるよう、船員に航海技術を教えなくてはいけない。そのためには、ときには面と向かって叱ることも必要だが、広い海原で共に過ごし、同じ風景を横並びで見ながら舵取りの方法を学ばせることも大切だ。

船長と船員があまり向き合いすぎると、まわりの風景が見えなくなる。親子はつかず離れず、横並びに世界を一緒に望むという感じで、向き合いすぎないほうがいいのではないか。

生きるために人見知りを克服

小さいうちから身内以外の人間に触れるのも、いい経験になる。うちの子たちも、さまざまな人に面倒をみてもらった。

私にボーイフレンドがいた時期もあり、そういう人に子どもたちの遊び相手になってもらったりもした。「使えるものはなんでも使え」の精神だ。旅先では、見知らぬ人とも、積極的に触れさせた。おかげで子どもたちは、幼い頃からかなり社交的になった。たぶん環境によって、鍛えられたのだろう。

実は私自身、子どもの頃はものすごく人見知りだった。大人になってからの私しか知らない人は信じないかもしれないが、いわゆる赤面恐怖症で、他人になかなか馴染めなかった。

しかし人と接することから逃げていたら、仕事もできないし、人生を切り開くことはできない。そこで自分自身を叱咤激励し、意識して逆に逆にと振る舞っているうちに、人と接するのが平気になった。やはり慣れもあるのだろう。生きるために、人見知りを克服したのだ。

私自身、努力して人見知りを乗り越えた経験があるので、子どもたちには小さい頃から、人と触れ合い、人を理解し、自己表現できる能力を身につけさせたかった。というのも、人と関係を紡ぎ、理解し、理解されることは、「生きる力」の大事な要素の一つだからだ。

最近はSNSを利用したコミュニケーションが大きな流れになっているが、やはり生身の人と人が面と向かって接することが、コミュニケーションの基本だ。将来どんな仕事をするにせよ、人と接することが苦手では、なかなかうまくいかない。

少なくとも、家族で食事をするときくらいは、テレビもスマートフォンも見ないというルールはつくるべきだろう。そのくらいピシッと言える親であってほしいものだ。

友だちが遊びに来る家

子どもたちには、仲間を大事にできる人間に育ってもらいたかった。いい友は、人生の宝なのだから。そのために親にできることは、できるだけ子どもたちが友だちをつくるチャンスを増やすこと。友だちを呼びやすい、風通しのいい家庭にすることも、その一つだ。

食事の時間になったら、気楽に「食べていったら」とみんなを呼び込むような家庭が、私の理想だ。しかし最近は子どもをよその家に遊びに行かせる際、親がお土産を持たせて、相手の親にも連絡したりと大騒ぎするらしい。いやな時代だなと思う。

私は、「何人来ているのかな」と子どもたちの友だちの数を数えてから、食事の用意をする感じだった。とくに三人の子どもと一年間アメリカで暮らしている間は、私もずっと家庭にいたし、しょっちゅう友だちが遊びに来て、食事どきになれば、当然自然にそのままみんなで食卓を囲む。

今の日本では、なかなかそこまでオープンにするのは難しいかもしれない。しかし、せめて「友だちをどんどんうちに連れていらっしゃい」くらいは、言ってやりたいものだ。

小さい頃から月に一度は家族会議を

日本の親子は、本質的な問題を話し合うことを避ける傾向にある。

小言は言っても、ディスカッションはしない。親子間で業務連絡や日常的なおしゃべりはあっても、何かをテーマにして真剣に話す習慣がない。そんな家庭も、多いのではないだろうか。あるいは、親が子に何か言うときはもっぱら小言ばかり、という家庭もあるだろう。

うちの親子は、かなり会話が多いほうだったと思う。テーマはそのときどきの社会的な出来事から、世界情勢、あるいは日常生活の問題などいろいろで、ときには人が生きるとはどういうことかなど、抽象的なテーマのときもあった。テレビを一緒に見ながら、気がつくと議論が盛り上がることもあった。

それとは別に、テーマを決めた親子会議もときどき行われた。テーマは「おこづかい値上げについて」など、子どもから提案されることもあったし、今年の旅行はどこに行くか、そこを選ぶのはなぜかなど、楽しいテーマで話し合うこともあった。

親子会議は、アメリカの教育を見て、「なるほど、これはいいかもしれない」と思って我が家でも取り入れたものだ。

アメリカの学校では小学校の頃から、ディベートを教育に取り入れているが、そのやり方がおもしろい。たとえば死刑が是か非かといったテーマを設けるとすると、賛成の人はAグループ、反対の人はBグループと分けるわけではない。賛成反対には関係なく、AとBに分けてしまう。だから本人は賛成でも、反対のグループに入れられたとすると、まったく自分とは反対の立場に立って議論しなくてはいけない。頭の中を裏返しにしなくてはいけないから、すごく鍛えられる。それをうちでもよく、真似していた。

ロジックを組み立てて人を説得する能力を鍛えると、社会に出たときに大きな力となる。これは訓練を重ねないと、なかなか磨かれない能力だ。

たとえば今の時代だったら、大学を出ても、その先どうなるかわからない。そういう不安があるから、「せめて保険としていい大学に」と考える親も多いようだ。しかし勉強を最優先にさせたがために、かえってサバイバル能力が育たない子どももいるかもしれない。だったら、どうすべきか――そういった人生に関する本質的なディスカッションを親子で真剣にする機会を持つのは、とても大切なことだと思う。

ただし、とくに男の子の場合、高校生くらいになると親とあまり口をきかなくなるから、親子会議は中学くらいから始めないと遅い。いったん習慣をつけてしまえば、その後も続けることができるはずだ。

たまには大人の会話を傍聴させる

子どもがある程度の年齢になったら、親が友人を呼んだり呼ばれたりして語り合う場面を、ときには子どもに傍聴させるのもいいのではないだろうか。

さまざまなテーマについて、大人たちがどんな会話をかわし、ときには議論を闘わせるのか。多様な価値観に触れるいいチャンスだ。そのためには、自宅に友人を呼ぶのが一番てっとり早い。

最近は、人を家に呼ぶのが好きではない人が増えているようだ。人を呼ぶとなると家を片づけなければ、料理を用意しなければと、プレッシャーを感じるのだろうか。そんなふうに肩肘を張らずに、どんどん呼んだり呼ばれたりして一緒に食事をしながら、大人の友だちづきあいを子どもに見せたらいいのにと思う。

子どもが大人の会話を真剣に聞いているようであれば、ときに子どもに意見を聞いてみるのもいい。子どもなりに、何かしら考えているはずだ。

子どもが「耳年増」になるのは、決して悪いことではない。そこから子どもたちの視野が広がっていく可能性があるのだから。

離婚で引き裂かれる子ども

日本の離婚率はどんどん伸びる一方で、今や三組に一組と言われており、結婚したカップルのうち二組に一組が離婚するというアメリカに迫る勢いだ。私も今まで、まわりでいろいろな別れを見てきた。

客観的に見て、あの二人が離婚したのはもったいない。ここで我慢すれば、またいい関係に戻れるのにと感じることもある。しかし、夫婦お互いに個性もあるし、感性や生き方もそれぞれだから、離婚に至るのもいたしかたないだろう。

しかし子どもが未成年のうちは、できることなら、離婚しないに越したことはないと思う。もちろん暴力や借金など、やむをえない理由がある場合は、話は別だ。

私は子どもの頃、両親の間が不穏になると敏感に察して、緊張してドキドキしたものだ。夜、両親のいさかいの気配に気づくと目が覚めてしまい、つい聞き耳をたててしまう。もし二人が離婚することにでもなったらどうしようと気が気ではなく、心が縮む思いだった。

母からは、父と別れたいという言葉もよく聞いた。母の気持ちも、同性として私には理解できた。でも内心別れてほしくない、なんとか仲直りしてもらえないだろうかと願っていた。

父親か母親のどちらかだけが好きで、片方を憎んでいるとでもいうのなら、話はシンプルかもしれない。しかしたいていの場合、子どもは父親も母親も好きなのだ。だから、どちらが傷つくのもつらいし、どちらの側に立つこともできない。

うちの場合、結局、親たちは離婚をせずに添い遂げた。そして父の最期を母はとても優しく看取ったので、よかったなと思った。

離婚後の親子関係

アメリカでは、親の離婚・再婚によって生じるステップ・ファザー（義理の父）やステップ・マザー（義理の母）との関係が、一般的に日本よりカラッとしているようだ。また、父親と母親、どちらと暮らすことになったとしても、別々に暮らしているもう片方の親との交流はかなり密にとるのが普通だ。別れた両親がそれぞれ再婚した場合、子どもたちは親が四人になったととらえ、週末など、普段は一緒に暮らしていない親の家庭で過ごすことも珍しくない。

日本では、離婚すると母親が子どもを引き取り、子どもを元夫には会わせないケースも多い。これは、欧米人にとっては理解しがたい感覚のようだ。夫婦が別れても、子どもにとって父親と母親であることは変わりない。だから子を父親に会わせないというのは、父親の権利も子の権利も踏みにじる行為だと考えられている。

ＤＶや夫が犯罪を犯したなどの理由で離婚した場合は、父親に会わせないという選択も理解はできる。しかしそれ以外の場合は、いくら元夫を憎んでいるからといって、そこまで偏狭になるのはおかしい。

子どもは父親に会いたいと思っても、どうしてもそばにいる母親に気を使ってしまい、言いだせない。あるいは母親が元夫を悪しざまに言う「呪いの言葉」に洗脳され、母親に同調して父親を嫌うようになるかもしれない。

私個人は、子どもたちに、自分の父親を憎むような人間にはなってほしくないと思っていた。子どもは、父親と母親の血を受けてこの世に誕生する。だから片方の血を憎むことは、自分の半身を否定するようなもの。結果的に自分も傷付いてしまう。

うちの子どもたちの父親は相当いい加減なところがあり、とくに女性関係については問題の多い人だったが、子どもの前では極力、彼の悪口を言わないようにしていた。充分、人として魅力のある人だったので、その魅力のほうをわかってもらいたかったのだ。

子どもたちの父親が大往生したとき、息子は忙しいスケジュールの合間を縫ってアメリカで行われた葬儀にかけつけた。きっと父親はあの世で、喜んでくれただろう。

反抗期は誰もが通る道

うちの子どもたちは思春期になると、人並みに反抗期を迎えた。なんだかむすっとしたり、親の言うことをきかなかったり、ちょっとしたことで親に反発したり。まぁ、ありふれた反抗期だ。

ただ長女に関しては、ほとんど反抗期がなかった。たぶん長女ということで、いろいろ我慢していたのだろう。でも当時の私は、あまり彼女の内面に思い至ることができなかった。今思えば、かわいそうなことをしたと思う。

子どもたちが反抗期を迎えても、私はとくにオタオタはしなかった。誰もが通る道だし、私など、大人になってからも反抗期が続いているようなものだ。しかし、困ったなと思う出来事も数々あったのは確かだ。

子どもというのは、なかなか辛辣《しんらつ》な目で親を見るものだ。とくに思春期ともなると、その年頃特有の敏感さやある種の潔癖さから、親に対して批判の目を向けるようになる。うちの子たちもご多分に漏れなかった。

私のようにメディアに出て仕事をする人間は、どうしても一種の二面性や偽善は避けられない。それが子どもたちには、欺瞞《ぎまん》に思えたのだろう。あからさまに嫌悪感を表わすこともあった。

たとえば親子喧嘩《げんか》の最中でも、取材があれば、にこやかな幸せ家族を演じてみせたりする。そうすると子どもたちは、「またお母様のアーティフィシャル・スマイル（人工的な笑顔）」と嫌みを言う。

子どもを養うためには、ときにはいささか美意識に合わないこともしなければならないのだが、そんな思いは子どもには通じないようだ。子どもの反発や蔑《さげす》みを感じ、徒労感からどっと疲れることもあった。

家に出入りする編集者に、わざと私が困りそうなプライバシーを暴露し、ウケを狙うこともあった。たとえば息子は「お母様の手料理なんて食べたことないよ。お弁当は帝国ホテルで買うんだ」と事実無根のデマを飛ばし、「聡明な女は料理をしない」などというキャッチフレーズで、週刊誌の恰好のネタになったこともある。私が出した『聡明な女は料理がうまい』という本をもじっているのだ。おかげで多くの人から「へぇ、やっぱりね」と言われた。とんだ営業妨害である。

「執行猶予箱」をつくる

私は知らん顔をしながら、背中に目がついているようなところがあり、いつもそれとなく子どもたちを観察していた。そしてときどき、子どもたちに「あのときはこうだったわね」と言い、ぎょっとされた。まさか私が知っているとは思わなかったのだろう。

子どもの変化に関しては、繊細に注意深く見ていくことが大事だと思う。同時に、自分の子ども時代を思い出して照らし合わせるのも大切だ。

自分が当時どうだったかを考えると、子どもがしていることは一過性のもので、そう異常ではなかったりもする。だから自分の子ども時代のことを忘れて頭ごなしに叱るのも、あまりよいことではない。

自分の少女時代を思い出すと、何かマズイことをして内心「シマッタ」と反省しているときに親からガミガミ言われると、「ワカッテルわよ」と反発したものだ。だからたぶんうちの子も、内心わかっているだろうと想像し、あまり深追いしないようにしていた。

何かトラブルや問題だなと思うことを見つけたら、すぐに叱ったり問いただしたりはせず、とりあえずいったん心の中の「執行猶予箱」に入れる。そもそも忙しいのでいちいち怒っていたらきりがないし、その余裕もない。

時間があるときに執行猶予箱を開けてみると、たいていの問題は、時間が解決している。しかしときには残っていることもあるので、やおら取り出して、それについて集中的に対処する。

子どもたちは、時間がたっているから、親に気づかれなくてすんだものと思っている。ところが親はちゃんと知っていたのだと知り、すべてお見通しだったのかと、ぎょっとするわけだ。内心、これは舐《な》めてはかかれない、ちゃんとしなきゃマズイなと反省したことだろう。

子どもの結婚には口出し無用

子どもたちがどんな異性とつきあい、どんな伴侶を見つけるか。

もちろん親としては、気になるところではあろう。しかし、どんな相手を選ぶかに関しては、親が口出しすることではないと私は思っている。成人し、自立した子どもであれば、子ども自身が自分で決めればいいことだ。その結果どんな人生になろうと、自分で責任をとるしかない。

三人の子どもたちはそれぞれ伴侶を見つけたが、自分たちで結婚を決めてから、「お母様、報告があるの」と、事後報告する形だった。

長女の場合は、私の誕生日で久しぶりに親子四人が集まったとき、まるで「今日、映画に行くの」くらいの感じで、「私、結婚するの」とさりげなく言った。

「それはおめでとう。結婚だなんて、私の誕生日どころではないじゃないですか。それで、いつ頃するの?」と訊ねると、「明日」という。ずいぶん急な話だ。なんでも籍を入れて一緒に住むだけだから、式も披露宴もしないという。

たぶん多くの親が、子どもが結婚したいと言ったら、相手は何歳でどこの学校を出て、どんな仕事をしているのか、いろいろ聞きだすのだろう。私も、そういうことにまったく興味がないわけではないが、伴侶の選択において真っ先にこだわるべき条件だとは思っていない。

私が結婚の条件をあげるとすれば、双方が自立した大人であり、生活者であり、一人でも生きられるけれど二人のほうがもっと楽しいという結びつきであること。半人前どうしをあわせて、ようやく一人前という組み合わせは、危なっかしくて見ていられない。

幸い、子どもたちが選んだのは皆いい人たちだったが、もし相手がとんでもない人間だったら、人生経験の先輩である私はきっと気がついただろう。その場合、批判精神が旺盛な私のことだから黙ってはいないで、批判するべきことは遠慮なく批判しただろう。だからといって結婚を禁じたりはしない。もしそれで失敗したら、本人が悟るだろう。

それに結婚に失敗したからといって、人生そのものに失敗したわけではない。そのぶん、人生経験を積んだと考えればいい。

離婚した子もいるが、それはそれで仕方がない。私だって結婚に関しては、決して褒められた人生を送っていない。親の意見など気にとめず、結婚しないまま、勝手に三人の子どもを産んだ。しかも正式に結婚した相手とも、後に離婚することになる。とても子どもの結婚にとやかく言えるような立場ではない。

ちなみに息子は茶道を通じて知り合った女性と、「茶婚式」という一風変わった、しかしなかなか魅力的な結婚式を挙げた。最後に挨拶に立った息子が、「女ひとりで僕たちを育ててくれた母ですが、彼女は一度として愚痴を言ったことがありません」とスピーチするのを聞き、やせ我慢の美学を通してよかったと思った。

子どもが結婚したら配偶者に任せる

子どもに配偶者ができたら、子どものことは、配偶者にすべて任せたほうがいい。息子の場合はなおさらだ。姑がしゃしゃり出ると、ろくなことはない。

息子が婚約した後、婚約者とはときどきメール交換をしていたが、そこで私はこのようなことを書いたことがある。

「結婚したら息子と一番近い存在は、母の私ではなく妻のあなたです。今までなら息子を悪く言おうが母親の謙遜ですむでしょうが、今後はあなたの夫を侮辱することになるでしょうから、彼を批判するのはお任せします。もしあなたに応援を求められれば、私も一緒になってキツイことも言いますが」

第一責任者の座を降りるというのは、こんなにも気楽なものかと思う。

息子を嫁に取られたなどと文句を言う姑の気がしれない。

第2章 傷一つない完璧な家族などいない

壮絶な嫁いびり

私が「家族が好き」「家庭が好き」と公言してはばからない人間になったのは、自分の生い立ちとも関係がある。父も母もひじょうにリベラルで、人間的にとても魅力的な人たちだった。親子という関係ではなく、同世代だったら、きっといい友人になれただろう。私は人として、両親が好きだった。

先ほど「親がしてくれたように子どもを育てた」と書いたが、親にはいい育て方をしてもらったと感謝している。それは長じて、私が子育てをする際、おおいに役立つことになった。

かといって、うちの両親は決して優等生的な人生を送ったわけではない。挫折も失敗も多い人生だった。しかも桐島家そのものが、大きな傷をいくつも抱えている。

この歳になっても、自分が育った家庭に関しては、思い出すとつらくなる出来事がいくつもある。だから私は意識的にそうした思い出には蓋《ふた》をし、今までなるべく見ないようにして生きてきた。そして幸せだったこと、いい思い出を選んで、記憶にとどめるようにしてきた。

イヤなことはすぐに忘れてしまうという私のおめでたい性格も、持って生まれたものもあるだろうが、前を向き続けるためには忘れることが必要だったのだ。それがいつの間にか、習慣になってしまったのかもしれない。

「洋子が生まれたとたんに世の中が平和でなくなった」

これは母の口癖だった。私が生まれたのは一九三七（昭和十二）年七月六日。その翌日、盧溝橋《ろこうきょう》事件を皮切りに日中戦争が勃発。戦争の時代へと向かっていく。

だが母が言った「世の中」とは、何も社会のことだけではない。桐島家そのものが、音をたてて瓦解《がかい》しようとしていたのだ。

父方の祖父である桐島像一《しょういち》は土佐に生まれ、同郷で日本を代表する実業家となった岩崎一族率いる三菱合資会社に入り、三菱の大番頭となった。父は大勢の書生や女中が住みこむ豪壮な屋敷で生まれ、大実業家の後継ぎとして大きな期待をかけられる。父は絵の才能に恵まれ、画家になりたいと考えていたが、とうてい許されるわけはない。無理やり東京帝国大学の経済学部に行かされ、卒業後は三菱財閥に属する損害保険会社に就職させられた。

祖母にとっては、大事な跡取り息子を然るべき名家の令嬢と結婚させて閨閥《けいばつ》を固めるのは、最も重要な使命だと思われた。ところが父は、下町の産婦人科医院の娘である美人でモダンガールの母と、いわゆる「自由恋愛」をしてしまう。祖母にとっては、受け入れられない結婚だ。しかしこのときばかりは父も譲らず、たとえ勘当されても結婚すると、自分の意志を貫き通した。

出発点がそんな感じだったので、祖母にしてみれば、母の存在そのものが許せなかったのだろう。名門意識が強くプライドが高い女性だっただけに、町医者風情の娘に大事な息子を取られたという思いは、恨みとして祖母の心にしっかりと根を張った。その結果、壮絶な嫁いびりが始まった。

言葉遣い一つとっても、母が「足」などと言おうものなら、眉をひそめて「まぁ、下品！　おみ足とおっしゃい！」と、蔑むような口調で怒るといった具合。一事が万事、母の人格を否定し、いじめ抜いた。

転落の始まり

祖父の屋敷があったのは、東京都文京区本駒込の六義園《りくぎえん》に隣接した地域で、三菱関係者が多く住む場所だった。父と母は敷地内に新築した別棟で暮らしていたが、母は何かにつけ本宅の指示を仰ぎ、義父母の顔色を見ながら暮らさなくてはいけない。結婚後すぐに、結婚したことを後悔したようだが、一九三二（昭和七）年に長男、翌々年、次男を授かる。

父は実業家の跡取りとして、ひじょうに窮屈に育てられ、自分の意志は一切尊重してもらえなかった。親の敷いたレールを歩まざるをえない理不尽さに絶望し、屈託を抱え、その若さですでに人生を悔いていたのだろう。それだけに、自分の子どもには同じ思いをさせたくない、どんな生き方でもいいから自分が生きる道は自由に選択させたいと、強く願っていた。結婚した当初、母とそう語り合ったそうで、生涯その考え方が変わることはなかった。

私が生まれた一九三七年の十月、祖父・桐島像一が死去。ここから桐島家の混乱と没落が始まる。

莫大な財産を相続した父は、仕事を辞め、財産を手に当時「魔都」と呼ばれた国際都市の上海に渡る。そしてまるで敵《かたき》でもとるかのように、湯水のようにお金を使い始めた。それは自分の人生を奪った親への、ある種の意趣返しだったのかもしれない。

気前のいい父のまわりには大勢の取り巻きが集まり、おだて煽《あお》られ、遊びに歯止めがきかなくなった。また父は新聞社と印刷会社をつくるなどしていた。

しばらくは一人で日中を往復していた父が、母と私も連れて本格的に引っ越したのは、一九四〇（昭和十五）年、私が三歳のときだ。私たちは上海のブロードウェイ・マンション（今の上海大厦）でホテル暮らしを始めた。

同じホテル内には、欧米人も多く暮らしていた。私はすぐに、同年代のイギリス人の男の子と仲よくなった。

一九四一（昭和十六）年十二月七日の深夜（日本時間十二月八日）。ものすごい轟音に、私は危うくベッドから落ちそうになり、声も出ないほど怯《おび》えたまま父母の寝室に駆け込んだ。日本軍はハワイ真珠湾の奇襲と同時に、上海でもホテルの前の黄浦江《ホワンプーチアン》に停泊していたアメリカの戦艦を撃沈したのだ。

すると次の瞬間、まだ何が起ったのかわからないまま窓際で立ち尽くしている私たちの目の前のテラスに、上からガチャガチャと鉄鎖の梯子《はしご》が降りてきた。そして完全武装の日本兵が次々とテラスに降り立ち、ガラス戸を開けるようにとすごい剣幕で迫ってくる。

日本兵は、この部屋は作戦本部として使用するので速やかに立ち退《の》くよう、父に命じた。私たちは仕方なく、他の部屋へと移動した。こうして幼い私の目の前で、太平洋戦争が始まった。

大都市の光と影

戦争が始まっても、しばらく上海の賑わいは続いた。とりわけ音楽やバレエ、オペラなど舞台芸術に関しては、まるであだ花のように、連日のようにすばらしい公演が行われていた。革命で国を追われた白系ロシア人やナチスの迫害を逃れたユダヤ人が次々と亡命し、その中には一流の音楽家や舞踊家もいたため、上海は世界的なアーティストのたまり場のようになっていたのだ。

両親は美食を追求し、劇場に通いつめ、むさぼるように音楽などの芸術を楽しんでいた。父も母も、故郷を捨てざるをえなかった芸術家たちを熱心に援助して衣服を届けたり、食事に招いたりしていた。私も必ず劇場に連れていかれたが、幼い私にとっては、苦痛でしかなかった。

やがて両親は私の二人の兄も日本から呼び寄せ、ホテルを出てフランス租界のアパートに引っ越した。我が家は「桐島サロン」と呼ばれ、さまざまな人が出入りした。姑の目がすぐそばにある窮屈な暮らしから解放された母は、サロンのホステス役としてイキイキと宴の日々を楽しんでいた。私の記憶は上海から始まるが、父も母も、その頃まさに人生最上の季節を過ごしていたのだろう。

当時の上海は洗練された大都会だったが、危険の巣窟でもあった。学校の行き帰りも、テロでしょっちゅう通行止めになるから、別の道を探して帰ってこなくてはいけない。すると、途中に餓死者の死体がゴロゴロ転がっている。

人種差別も日々の生活の中で目の当たりにし、子ども心に理不尽に思い、憤り、ときには心が傷ついた。昨日までの友だちが、敵国人どうしになった経験もある。

たぶん私は理屈ではなく、子どもならではの敏感さで、世の中の矛盾というものを感じたのだろう。そういう意味でも、上海生活は私にさまざまなものを授けてくれた。

無一文での帰国

日本の報道機関は、大本営発表の名の下、あたかも日本が勝ち進んでいるような報道をしていた。しかし新聞社の経営者ということもあり、父はほぼ正確に戦況を把握していたようだ。あるとき、「もうお手上げだろう。ここで中国人に殺されるよりは、日本に帰って死ぬほうがましだ」と言い出し、帰国を決意した。

父にとって敗戦とは、すなわち死を意味していた。どうせこの先、もう命はない。だったら、この世の名残りに使えるだけの金は使いきろう。享楽主義者であった父らしい発想のおかげで、北京、南京、新京（満洲国の首都で現在の長春市）を大名旅行してから大連で帰国船に乗り込み、私たちは日本へと向かった。一九四四（昭和十九）年の暮れのことだ。

帰国後、駒込の自宅は空襲を免れないと判断し、すぐに葉山の別荘へと移った。しかし本土決戦になれば、目の前の海から敵が上陸してくる可能性がある。そこで父は、長野県の妻籠《つまご》に疎開することを決めた。

　父は、自分だけ生き残っても仕方がないから、仲間たちで一緒に生活ができる村をつくりたいと、親類や友人を大勢引き連れて疎開した。そして山の上の土地を借りて開墾を始めたのだが、ひ弱な都会人が頭でっかちにそんなことを考えたところで、うまくいくはずがない。結局は地元の人たちの嗤《わら》いものになるだけで、いっこうに開墾は進まなかった。そして終戦を迎えると、私たちはすごすご山を後にした。

　戦後すぐ、もう東京の家は維持できないので、処分して葉山に移り住むことになった。疎開を拒んで東京の屋敷にしがみついていた祖母も、仕方なく合流した。こうして、荒れ果てた化け物屋敷みたいな家で、新しい生活が始まった。

父の放蕩

父は博識で百科事典のようにありとあらゆることを知っており、会話のセンスもあり、リベラルな精神の持ち主。母は料理上手で、人をもてなすことも得意。二人とも芸術が大好きで、映画の好みも音楽の好みも一致し、とても話が合う夫婦だった。たぶん根本的なところで、とても気が合う夫婦なのだろう。

かといって、必ずしもいつも仲がよかったわけではない。というのも父は恋多き人で、愛人問題が絶えなかったからだ。しかも軽い浮気ではなく、すべて本気になってしまう。そして、新しい相手が現れても、かつての愛人を手放さない。

さすがに戦後は新しい女性をつくるだけの甲斐性もなかったが、戦前からのつきあいでそれぞれ子どもまでいる女性たちとの関係が、戦後も続いていた。

親が残してくれた財産が残っている間ならまだしも、屋敷はもとより書画骨董から母の着物まで売れるものはすべて売り尽くし、明日の生活も知れないのに、父は女性にお金を渡してしまう。「この間売れたピカソの絵のお金はどうなったの?」と母が聞いても、父はもにゃもにゃ言うばかり。

「洋子の学費もまだ払ってないのよ。ほうぼうのツケもたまっていて、もうこれ以上待ってもらえないのよ」と母が責め立てると、父はふてくされて「だって、しょうがねぇじゃないか」となる。向こうの子どもを飢えさせるわけにはいかない、というのだ。そんなふうだから、夫婦の間で喧嘩が絶えず、修羅場と化すことも少なくなかった。

私が中学生くらいになると、母はなんでも私に打ち明けるようになった。きっと、同性の味方がほしかったのだろう。「今、お父様はあちらの女の人のところに行っているのよ」などと、娘の私にもこぼす。

ある夜のことだ。

「あの女を家に入れておやりなさいよ。彼女に何もかもやってもらったらいいじゃない。お義母様だって、あちらの方がおよろしいのでしょう。もう私は、疲れ果てたの。もう、これ以上我慢できない！」と、母が泣き叫んでいるのが聞こえてきた。私は隣の部屋で身を硬くしながら、今度こそは母が出ていくのではないかと、気が気ではなかった。

翌朝起きると、医者が呼ばれ大騒ぎになっていた。絶望した母が、睡眠薬を飲んで自殺をはかったのだ。幸い未遂に終わり、生命は取りとめたが、床の中で青ざめた顔をした母が私に言った言葉が忘れられない。

「洋子、お嫁になんて行かなくてもいいのよ。ちゃんと勉強して、立派に仕事のできる女になって。男に頼ったりしてはダメなの。財産もお金も、あてにならない。私のような人生を繰り返さないで。私も、お義母様も、お父様もかわいそう」

人生という荒波の中、「内なる重心」の発見

そんなわけで大人たちはさまざまな屈託を抱えた生活をしていたが、私にとって自然が豊かな葉山は、生活の場としてはまさに天国だった。

すぐ裏まで山が迫り、目の前は海。従兄弟《いとこ》や兄たちと木に登り、崖を滑り、藪を走り回り、春から秋まで飽きずに毎日海で泳いだ。

泳ぎに関しては、上海のプールで水泳をしっかり仕込まれていたので、父母たちは躊躇《ちゅうちょ》なく私を海に放牧した。とはいえプールと海は違う。

海にさほど慣れないうちは、波が来ると怖いから、波から逃げようとしたものだ。し

かしいくら逃げても、波は後ろから覆いかぶさってきて、もみくちゃにされてしまう。そういう経験を重ねるうちに、ついには、逆らわなければいいのだということを摑《つか》んだ。「逆らわないのでお任せします」という気持ちになると、ふっと急に波が優しくなる。襲いかかるのではなく、包み込んでくれるのだ。

その感覚は、私が生きていくうえでひじょうに大きな助けとなった。海に限らず、へタに逆らわず肩の力を抜いて状況に身を任せると、いずれなんとかなる。「とりあえず身を任せてみる」という感覚は、人生のさまざまな場面で役に立つのだと、徐々に気がついていく。

もう一つ、海から与えられたのは、「内なる重心」とでもいうべきバランス感覚だ。海で泳ぐには、天候や波の高さ、潮の具合、自分の体調など、日々刻々と変化するさまざまな条件を自分なりに把握しなければいけない。そのうえで、今日はもっと沖まで行ける、いや、今日はそろそろ岸に戻ったほうがいいなどと、自分で判断する必要がある。安全と危険の境界が、どこにあるのか。常にそのバランスを自分で見定めているうちに、「内なる重心」を摑んだのだ。

どれほど揺れたとしても、悠然と揺れるのに任せていたら、起き上がりこぼしのようにやがてぴたりとしかるべきところに戻る。だから、揺れるに任せていればいい。

それはやがて、私の確信になっていく。後に私が一見無謀とも思える冒険的な生き方ができたのも、この「内なる重心」という守り刀があったからだ。

心を潤してくれた母の料理

野山もまた、たくさんのものを与えてくれた。早春の蕗《ふき》の薹《とう》に始まり、土筆《つくし》、わらび、ぜんまい、筍《たけのこ》と、季節の味覚を採るのも子どもたちの役目。秋は栗や銀杏《ぎんなん》など、木の実が恵みとなる。私たちは猿のように裏山を駆け回り、食べられるものを集めた。

庭を耕して野菜も育てたし、鶏を飼っていたので、毎朝卵が食卓に上がる。私は自然の中でたくましい肉体と精神を手に入れるとともに、「本当においしいもの」を存分に味わった。

没落した生活の中でも、母は手に入る素材を生かして、上海仕込みのヨーロッパの香りがする料理をつくってくれた。私たちが集めてきた貝や、親しくなった漁師さんからいただいた魚、春は山菜、秋は木の実、そして家庭菜園で収穫した野菜が、思いもかけない料理となって食卓に登場する。

あの時期、貧乏でもそれほどみじめな気持ちにならなかったのは、母の料理のおかげでもある。後に自分が子育てをするようになり、どれだけ経済的に厳しくても、あるいはどれだけ忙しくても食事だけはおろそかにすまいと考えるようになったのは、この時期の経験が大きい。

すべてを失って

葉山の自然は、私に人間として基本的な能力を授けてくれた。その能力を自分の中で人生の指針へと変換させていったのは、一つには、そうでもしなければ乗り越えられない状況に置かれていたからだ。

どんなに激震に揺れたとしても、泰然自若としていたい。

それは当時の私の切なる願望でもあった。というのも桐島家は激震につぐ激震で、大揺れに揺れていたのだ。

残っていた財産はほとんど使い果たし、家にあった骨董品や美術品などは、次々と米や味噌に化けていった。葉山には進駐軍の将校の別荘もあったため、ときどき将校たちが骨董品などを買いに来たが、三月にたまたま飾ってあった私の五段のひな人形も「オウ、ビューティフル！」とそのままジープで持っていかれたときは、本当に口惜しい思いだった。

しかし、いつまでも売り食い生活を続けられるはずもない。なんらかの方法で収入を得なければ、いずれ住むところも失い、一家が路頭に迷いかねない。ところが父は結核で自宅療養の身になり、働くことができない。

そこで母は、思い切った行動に出た。有楽町駅の構内に喫茶店を開いたのだ。

場所が便利であったうえに、近くには新聞社などがあったためインテリの客が多く、母はイキイキとし、上海の桐島サロンのときのような華やぎを取り戻した。しかしそれもいっときのこと。そのうち鉄道弘済会の都合で店の場所を召し上げられ、母の店は閉店を余儀なくされる。

するとは今度は、母は旅行会社に就職し、さらに忙しく働くようになった。毎日葉山から東京に通勤するだけでも大変なのに、添乗業務で出張もある。それでも主婦としてしっかりと家事をこなし、毎晩、家族のためにおいしいものをつくってくれ、ときには寝しなに枕元で本の読み聞かせまでしてくれたのだから、今考えても本当に頭が下がる。

しかし母ひとりの働きでは、一家の生活の逼迫《ひっぱく》を食い止めることは難しい。私が中学二年のとき、とうとう葉山の家も手放し、東京に引っ越すことになった。しかも家を売ったお金でしばらくはしのげるかと思っていたのに、騙されて代金の大半を横取りされてしまった。父も母も茫然自失状態だったが、家を出ざるをえない。私たちはほんのわずかな家財を荷車に載せ、目黒の狭い住宅へと引っ越した。

父は、富や名声には未練がない人だった。だが、裕福な家で甘やかされて育ったお坊ちゃん。決して精神的にたくましい人とは言えなかった。そして、底抜けにお人よしでもあった。

もともとが、とんでもない金持ちだったのだ。普通にしていれば、たとえ戦争があったとしても、そう簡単に財産のすべてがなくなるものではない。結局、困窮の一番の原因は、あくどい人たちに騙されて財産が人手に渡ったことにある。しかも悪人は、意外と身近にいる人だったりする。そうした出来事が、父にどれだけ打撃を与えたことか。

祖母の自死

そんな騒動の中、引っ越して間もなく、祖母が静かに自室で自らの命を絶った。

大実業家の妻として権勢を誇った祖母にとって、すべてを失い、落ちぶれて狭い陋屋《ろうおく》でみじめに暮らすのは、耐えられないほどの屈辱だったのだろう。

一方、かつて強烈な嫁いびりに涙を呑んで耐えていた若妻は、いつの間にかたくましい一家の大黒柱となり、無力な夫に代わって経済的にも家族を支えている。そのせいで戦後は、母と祖母の権力が完全に逆転していた。

祖母から壮絶ないじめを受けた母は、祖母に対しては冷淡だった。慇懃《いんぎん》な敬語で接するのだが、かえってそれが冷たく響き、言葉の裏にトゲがある。たぶん祖母のつらさにも気づいていただろうが、母は祖母に寄り添おうとはしなかった。

祖母はもともと、ひじょうにプライドの高い人だ。栄華をほしいままにしていただけに、自分が置かれている状況を、どうしても受け入れることができなかったに違いない。

このまま生きていても、しょうがない。

世をはかなんだ祖母は、自らの手で自分の人生に決着をつけた。遺書がわりに、凛とした美しい筆跡で、辞世の句が残されていた。享年七十七。喜寿の歳の旅立ちだった。家族にとって、これほど衝撃的な出来事はなかった。

やがて父はＰＲ誌の編集者として働き始め、母も旅行会社で仕事を続けた。あいかわらず父の女性問題や金銭問題でもめることもあり、母は今度こそ別れると息巻くのだが、いつの間にか仲直りしている。男と女とは、本当に妙なものだ。思春期の私にはまだ、男女の関係の機微を理解することができなかった。

父流のユニークな教育

私が学校をさぼっても成績がひどくても、「もっと勉強しろ」などとは一切言わない父だったが、私が英語嫌いで宿題を全部自分に押し付けるのには、少々閉口していたようだ。私が高校時代、珍しく忠告めいたことを言った。

父曰《いわ》く、「英語くらいわからないと、将来、不便な思いをするよ。悪いことは言わないから、もう少し英語だけはやっておきなよ」。

私が「だって、つまらないんだもの」と反発すると、「そりゃあ、教科書なんてつまらないに決まっているさ。もっとおもしろい本を読めば、英語もおもしろくなるよ。オレの愛読書を貸すから、読んでごらん。これは翻訳がないから原書で読むしかないところがミソだし、辞書を引くのが面倒でも、読み進めずにはいられないぜ」と言い、一冊の本を持ってきた。それは『マイ・ライフ・アンド・ラブ』という、十九世紀のイギリスで物議をかもしたポルノの古典で、日本では発禁になっている本だった。

確かにこれならおもしろそうだと思って読み始めたものの、あまりにも難解なので、とても歯が立たない。私はたちまち投げ出してしまった。すると父は、今度はジュール・ベルヌの『八十日間世界一周』を持ってきた。そして、「今度は懸賞ゲームにしよう。これを八十日以内に読み終えたら、賞金を出すからさ。それを励みに頑張りなさい」と言う。

食事のたびに父が今日はどこまで読んだか聞いてくるので、怠けるわけにはいかない。それに、本の話題をきっかけに父が世界のあちこちを旅したときの話をしてくれるので、おおいに盛り上がり、食卓が楽しくなる。気がつくと私は、英語で本を読むことが好きになり、予定より早く七十日で読み終えた。父のもくろみは、結構うまくいったわけだ。

当時の桐島家には暗い出来事も多かったが、父はいつも穏やかで恬淡《てんたん》とし、なんともいえない明るさがあった。その明るさが、子どもたちを照らしていたのだと思う。

一家についてまわる影

ところで実は桐島家には、祖母以外にもう一人、自死した家族がいる。私のすぐ上の兄だ。自ら命を絶ったのは、五十歳そこそこの頃。妻子もいるのに、なぜ死を選んだのか。いまだに理由はわからない。仕事があまりうまくいっていなかったのかもしれないが、それが直接の原因かどうかも不明だ。

兄とは小さい頃からとても仲がよかったが、私が知っている限り、自死などするような性格とは思えない。いくらきょうだいでも、わからないことはわからないものだ。

私も老い先そう長くはない。あの世とやらで兄と会えたなら、兄の心のうちを聞きたいような、聞くのが怖いような……。母が亡くなった翌年だったので、逆縁でなかったことだけが不幸中の幸いだ。

一家で二人も自死した人間がいるというのは、かなりひどい状況だ。しかし私にとって、それほどトラウマにはなっていない。よほど私が鈍感なのだろうか。それとも子ども時代、戦争が始まってからの上海であまりにも多くの死を見てきたため、何かが麻痺しているのかもしれない。

財産だって、なくなるときはなくなる。大富豪の若夫婦として豪邸で出発した父と母は、結局、横浜の狭い公団住宅で最後の日々を過ごしたが、「このほうがよっぽど快適だよ」という二人のつぶやきは決して負け惜しみではなく、その質素で気楽な晩年を父も母も心から楽しんでいた。

親のせい、家族のせいにはしない

私は裕福な家がどんどんと没落し、壮絶な貧乏になる中で育った。お金のことで家族がぎくしゃくしていくのも目の当たりにしたし、父親の女性関係が原因で家が荒れるのも見てきた。

おまけに家族のうち二人も自死している。だから決してハッピーな家庭だったわけではない。それでも私は、あの両親に育てられて本当によかったと思っている。

父と母は私に、人間としての品格や基本的な生活者としての能力、社会を見る目、文学などの芸術を愛する感受性を授けてくれた。そして何より、人間の精神は自由であるという人としての基本を、私は二人から教わった。

私は、もしつらいことがあっても、育った家庭のせいにはしないと心に決めていた。私は何事も人のせいにはしない。人のせいにしても、なんの解決にもならないからだ。

私は、何々の「せいで」という言葉が大嫌いだ。

自分の生きづらさを親や夫のせいにするのは、本当につまらないことだと思う。そんなことをしてもますます生きづらさが増幅するだけだし、自分自身を否定することにもなり、すべてが負の方向へと向かってしまう。

傷一つない完璧な家族なんて、この世にいないと思う。どんな家庭も、外からは見えないだけで、多かれ少なかれ何かしら傷を持っているものだ。そのせいで、いろいろ苦しい状況に陥ることもあるだろう。

しかし、力を抜いて状況に身を任せていたら、必ずふっと浮上するときが訪れる。そこから自力で、自分が行きたいところに向かって泳げばいい。大海原の向こうには、まだまだ見たことのない、ワクワクする世界が広がっているのだから。

第3章

理想を求めて家族解散

恋は突然、嵐のように

　私が未婚の母となったことについて、自由を追い求めてやまない自立した女であるから、あえてそういう道を選んだと思っている人も多いようだ。しかしそれは大きな誤解、あるいは、買いかぶりと言ってもいい。

　私は何も、主義主張にしたがって、好き好んで未婚の母になったわけではない。私は家庭というものがとても好きなので、本来、結婚という一蓮托生の関係に向いている人間だ。いずれ結婚しようと思っていたし、まさか結婚せずに子どもを産むなんて、考えてもいなかった。ただ結婚の前に、仕事をする人間として自立しなければと、思いを決めていた。

「書く」ことが好きだった私は、迷った末に大学には進学せず、文藝春秋新社（今の文藝春秋）に入社した。もっとも高卒女子枠で受験したため、当初はいわゆる編集ではなく、雑用担当だった。

社会人二年目、二十歳のとき、私は親元《おやもと》を出て独立した。安月給なので四畳半に半畳の台所、トイレは共同だ。もちろん風呂もないが、自分だけの城を持てたことが嬉しくて、しょっちゅう友人を呼んでは夜遅くまで遊んでいた。

一年後、私は分不相応の、憧れのマンションに引っ越した。もちろん月給で家賃をまかなうことは無理なので、翻訳や大学の卒論の代筆など、強引に背伸びをしてアルバイトをした。

夏になると、海で泳ぐのが好きな私は、週末湘南の海で過ごす。その間、部屋をあけておくのはもったいないので、英国人のジャーナリストに土、日だけまた貸しすることにした。彼とはよい友だちになり、平日もしょっちゅう記者仲間を連れてくるので、私の英語はだいぶ上達したし、人間関係も国際的に広がっていった。

やがて私は、念願かなって編集の仕事をさせてもらえるようになる。編集者の仕事は時間が不規則で、場合によっては深夜帰宅になることもある。

ある夜、くたくたに疲れて深夜に帰宅するときちょっと贅沢してグリーン車に乗ったら、隣に座った外国人の年輩の男性が話しかけてきた。面倒くさいなと思いつつ、なぜ私は知らんぷりしなかったのだろう。そして相手のペースに乗せられ、電話番号まで教えてしまったのはなぜなのか。今となっては、そのときの気持ちを思い出すことはできない。まあ、要するに、ナンパされたのだ。

後日、食事に誘われてのこのこ出かけていったら、相手は米海軍の退役中佐。話はおもしろいし、悪い人間ではなさそうだ。何度か食事をしているうちに、スキン・ダイビング（素潜り）に誘われ、海が好きな私は彼と一緒に三浦半島に出かけることにした。

一緒に潜り、こんなすごいダイバーがいるのかと、正直驚いた。私は、海に入れば男に負けない自信はあったが、とても彼の足元にも及ばない。

後になってわかったことだが、彼は海洋学者で世界的なダイバーとして知られるジャック・クストーと一緒にダイビングを始め、素潜りの潜水深度世界記録も保持しているという、その世界では草分け的な人だった。

私は彼の潜水にすっかり圧倒され、驚嘆はやがて恋へと変わっていった。アメリカ人の彼は、日本人男性では考えられないほど、情熱的な愛の言葉を語ってくれる。私はいつしか、彼と一緒に世界中の海を潜りたいと思うようになった。

子どもを産みたいという思い

彼にはアメリカに離婚係争中の妻がいたため、すぐに結婚することは不可能だった。それに当時、私が勤めていた会社には、女性は結婚退社しなくてはいけないという規定があった。だから仕事を続けるには、独身でいなければならない。せっかく念願かなって編集の仕事につけたのに、おいそれと手放したくはない。だから今は結婚したくてもできないというのは、丁度よい状態だったのだ。

彼と出会ったのは二十五歳のとき。当時女性は二十代前半が適齢期と考えられており、同窓会に出かけると元同級生の多くが、結婚して母親になっていた。もともと家庭が好きだった私は、彼女たちが子育ての話に熱中するのを聞いて、私も子どもがほしいと思うようになった。

実を言うと、彼は私と出会う前につきあっていた日本人の女性との間に子どもをもうけていた。彼と一緒にいるとき、赤ん坊を連れた女性が乗り込んできて、私はその事実を知った。しかし彼がその場でハッキリと、「今、愛しているのは洋子だ。子どもの養育費は責任を持つけれど、君とはもう終わっている」と言ったので、その言葉を信じていたのだ。

しかも、私は彼女から呼び出されて、「あんな男と一緒にいても、ろくなことにはならないですよ」と説教され、かえって意地になってしまい、いったんは別れようと思ったのに、そのままつきあいを続けてしまった。

長女の誕生

そうこうしているうちに、私は身ごもった。しかし自立した女性として仕事は続けたいし、第一、彼とは結婚はできない。そこで私は、妊娠したことを会社に隠して、子どもを産むことにした。

妊娠五ヵ月に入るとお腹が大きくなってきたので、長めのブラウスをつくり胸にパッドを入れて布が垂直に垂れるようにし、お腹を隠すようにした。しかしさすがに予定日まで二ヵ月に迫る時期になると、隠すのが難しくなる。そこで急な病気にかかり病院で二ヵ月絶対安静を命じられたということにし、湘南の海辺に小さな家を借りて身を隠し、久しぶりの夏休みを盛大に楽しみ毎日泳ぎ暮らした。

臨月になるとお腹が重たくて歩くのもしんどいが、海では浮力が働くのでかえって楽だ。私はのんびりと海で浮かび、その日を待った。

予定日の一週間前、何も知らない母が突然、湘南の家にやって来た。私の姿を見た母のショックたるや、いかばかりだっただろう。

「そんな子どもを産んだら、人生はメチャクチャになるわ。お願いだからやめてちょうだい」

そう泣きつかれたものの、臨月の身なのだから、今さらどうすることもできない。

翌日、母から話を聞いた父が、げっそりした顔で訪ねてきた。父はかつて愛人に子どもを産ませた旧悪を母にむしかえされ、「あなたがそんなだから、洋子まで」と責め立てられたそうだ。

一週間たち、出産予定日を過ぎたが、まだ産まれる気配がない。私はイライラしながら、相変わらず海で泳いでいた。しかし土用を過ぎた海は、波が荒い。高波に巻き込まれた私は、波打ち際に叩きつけられ、そのショックで陣痛が始まった。あわてて近くの病院に駆け込んで、無事出産。こうして、長女のかれんがこの世に産まれてきた。

かれんがとてもきれいな赤ん坊だったので、駆けつけた母は自分の手で抱くなり、もうメロメロ状態。あれだけ「やめてちょうだい」と泣いていたのに、手の平を返したように愛おしんでいる。赤ん坊の力というのは、本当にすごい。

次女が産まれる

一見無謀なようで、実は私には現実的な面もある。

子どもが産まれても、それを隠し通すには、一日も早く職場復帰する必要がある。そうなると、育児を全面的に助けてくれる人が必要だ。私は事前に何人もの候補者の中から、子どもを託せそうな人を慎重に選んでおいた。

当時五十代だった宮川さんというその女性は、医者の家に生まれて助産婦になり、結婚して子どももいたが、夫は戦死。すでにその子は就職し、家を出ている。保育所を営んでいた時期もあり、人柄もよく、乳児を託するにはうってつけだった。

平日は赤ん坊を預け、毎週末、会いに行く。そのたびに娘は、目を見張るほどかわいらしくなっていく。

そうこうしているうちに、私はまたもや妊娠してしまった。さすがに今回は、重病というわけにはいかない。見聞を広めるために海外に視察に行きたいので、二ヵ月の長期休暇を取りたいと会社に申し出たが、いくらなんでも二年続きで二ヵ月の休暇など、会社が認めてくれるはずもない。私は仕方なく、会社を辞めることにした。

しかし家でジッと出産を待つ気もせず、計画通り世界一周の旅に出ることにした。手短に書けば、まずソ連に渡り、ナホトカからシベリア鉄道に乗って、ユーラシア大陸を横断し、モスクワからヨーロッパ諸国を巡って、マルセイユから日本に向からフランス客船に乗り、港々を愉しみながら香港と長崎の間で、次女を出産した。奇しくも彼女の誕生日はクリスマス、つまりフランス語でノエル。名前は迷うことなく、ノエルとなった。

問題は仕事だ。私は二人の子どもを抱えた失業者。子どもたちの父親も出来る限りの援助をしてくれるが、充分とは言えない。なにせ三回も離婚し、あちこちに子どもがいるでたらめな男なので、経済的に余裕がないのだ。

私たちは横浜に家を借り、親子四人で暮らし始めたが、財政危機を乗り切るためには何かしら手を打つ必要がある。そこで彼はベトナム行きの貨物船の船長となって、しばらく日本を離れることになった。しかも彼は、妻同伴という条件を船主から取りつけていた。

ベトナムへと向かう

その頃私は、彼との間に起きていたさまざまな問題にうんざりし、半ば別れる気持ちでいた。しかし船でベトナムに行けるというのは、そうそうない機会だ。私は二人の子どもを宮川さんに託し、彼とともに乗船した。

ところが彼は航海中に船主と喧嘩して解雇され、我々二人はベトナムに取り残されてしまった。さて、どうするか。私はあらゆる手を使って従軍記者の資格を獲得し、このピンチをチャンスに変えようと考えた。

ベトナムの最前線では、アメリカ軍の若い兵士たちと身を寄せ合って暮らした。ほとんどは貧しい農村から招集された若者で、アメリカ人といっても、ニューヨークすら見たことがない青年たちだ。

彼らは家族や恋人の写真を大事に持っており、宝物のように取り出しては、じっと眺めて故郷を懐かしむ。なかには、戦争が終わったら医学を勉強し、このベトナムに戻って戦争で傷ついた人たちを医療で助けたいと、高い志を語る人もいた。そんな若者たちが、翌朝には死体となって転がっていたりする。以来私はサバイバーズ・ギルト、即《すなわ》ち〝生き残った者の罪悪感〟を背負って生きてきた。

家族や子育てについても、いろいろ考えさせられた。ベトナムの人たちは家族の絆が強く、戦乱の中、懸命に助け合いながら生きている。いろいろな村を巡ったが、男たちは戦場に出ており、残された女たちが必死で畑を守っていた。家事を引き受けるのは、子どもたちだ。小学校に上がるか上がらないかの年頃の子どもでさえ、赤ん坊の世話をしながら料理をしている。

今の時代、日本の同年齢の子どもに同じことができるかといったら、無理だろう。環境によって、ここまで子どもの生活が変わるのかと、なんとも言えない複雑な気持ちになった。

別れる決意

ベトナムではおびただしい数の戦争孤児の姿も、私の心に重くのしかかってきた。父親となった若い兵士たちは、ベトナム人女性と子どもたちをほっぽりだしたまま、アメリカに帰国してしまう。

私は毎日のように傷ついた人や死体を見ているうちに、戦争という名の暴力に対する憤りが抑えられなくなっていった。退役軍人で典型的なタカ派である私のパートナーの言動は、反戦意識をつのらせている私には許しがたいことが多く、私は彼とはしょせん異邦人であり相容《あいい》れないということを絶望的に認めざるをえない。ここまで世界観が違う人とは、もう一緒にはいられない。私は彼と大喧嘩の末、ひとりで帰国した。

ところが日本に戻ったとたん、またもや子どもを身ごもっていることに気がついた。収入の道も途絶え、彼との間も破綻しているのに、さらに新しい子を授かるなんて……。

しかし、どんどんかわいらしさを増していく長女と次女の姿を見ると、そこに加わるもう一人のイメージがどんどんふくらんでいく。だから私はまわりの反対を押し切って、三人目を産んだ。今度は男の子で、ローランドと名づけた。

崖っぷちに立たされて

さて、彼と別れて、仕事もなく、どうやって三人の子どもを養っていこうか。まさに崖っぷちの状態のとき、ふと思いついたのが、アメリカ行きだ。

ベトナム滞在中、私はなんの組織にも属していない人間なのに、アメリカ軍当局は「自己責任でどうぞ」と寛大に受容してくれた。女だからといって特別扱いもしないかわりに、一切差別もしない。日本で偏見や余計なお世話に囲まれているより、アメリカのような土地のほうが、私のような一匹狼が生きていく道が見つかるのではないか。無謀なアイデアではあったが、そう勘が働いたのだ。

当時、東京広尾の愛育病院では、仕事や病気で保育ができない人が新生児を委託できる保育院のシステムがあった。そこで産まれたばかりの息子を一年間、愛育病院にお願いすることにした。二人の娘は連れていくつもりだったが、目の中に入れても痛くないほど孫を可愛がっている母が、「小さな子どもを二人も抱えていたら、身動きがつかなくなるかもしれない」と、次女の世話をかって出てくれた。そんなわけで私は三歳の長女だけを連れて、日本を出発した。

厚意はありがたく受ける

ロサンゼルスに到着すると、大陸横断バスで東へと向かい、まずはメイン州のケニバンクを訪れた。この町で保育園を営む方と知り合いになり、私の旅行中、娘を特待生として無償で預かってくださるという。私はありがたくご厚意を受けることにし、アメリカ放浪の旅に出た。

最低限の旅費しかなかったが、文藝春秋時代に背伸びして培った国際人脈が、行く先々で私を助けてくれた。大都市では誰かしら旧知の人がいて泊めてくれるし、次にどこへ行くと言うと、その町に住む友人を紹介してくれる。

私は滞在させていただいたお礼に、料理や掃除、子守りなどをかって出た。おかげでアメリカ人の生活を、内側からとっくり見ることができた。何より感心したのは、見も知らぬ外国人を友人からの電話一本で快く受け入れ、何日も泊めてくれる、アメリカ人のオープンな精神とホスピタリティーだ。

アメリカには養子がいる家庭も多いことにも、興味をそそられた。それも、子どもが生まれないので遠縁の子を養子にするといった日本的発想とはまったく違う。実子がいても養子を育てている家庭が多く、なかにはベトナムや韓国の孤児を引き取る人もいる。そうした養子事情を取材したリポートが「東京新聞」に掲載され、フリージャーナリストとして初仕事となった。

私は行く先々で、できうる限りの仕事を見つけて、しゃにむに食いつないだ。ほうぼうに散らばった子どもたちへの責任を果たし続けなくてはいけないのだから、まさに壮絶な闘いの日々だった。

親子再集結

実はアメリカ滞在中、ロサンゼルスで裕福な男性からプロポーズされるというハプニングがあった。経済的に逼迫していた私は、この申し出を受けたら三人の子どもを無理なく養育できると、ほんの一瞬だが、気持ちが傾いた。そこでいったん帰国し、残してきた二人の子を連れて、再びアメリカへと舞い戻った。

しかし冷静になって考え直すと、とても結婚したい相手ではない。私は自分の心の迷いを「貧すれば鈍す」だと深く反省し、その男性とは決別した。

子どもたちは親の惨状を知ってか知らずか、みずみずしい好奇心で毎日イキイキと暮らしている。すると私も彼らといっしょに、無心で駆けだしたくなる。子どもたちと一緒に日々の暮らしを愉しむことが、何より私の性にあっている。改めてそう実感した。

しかし現実問題として、異国の地で家族四人、どうやって暮らしていけばいいのか。安アパートに居を定め、私は悶々とした。いざとなったら、この国には養子制度がある。もしどうしても子どもを育てられなくなったら、もっといい条件の親に、彼らを託すことも可能だ。

しかし、せっかくあれだけ思いつめて産んだのだから、人手に渡すのは悲しすぎる。この先どうなるかわからないが、万が一何かあったときにせめて子どもたちに自分の存在証明を残したいと思い、子どもたちの父親との出会いや出産など愛と冒険の軌跡を書き、日本に原稿を送った。それが私の処女作となった『渚と澪と舵——ふうてんママの手紙』だ。

その本が日本で出版されると、何人もの読者から、わざわざアメリカまで励ましの手紙が届いた。見も知らぬ人が、こんなにも私を理解してくれている。物書きというのは、なんとすばらしい仕事だろうか。

私は日本に戻り、日本語で文章を書いて生きていくことを決意した。こうして二年間のアメリカ放浪は終わりを告げた。

物書きとして出発

帰国したものの、すぐに物書きとしてやっていけるわけではない。私は外資系のＰＲ会社に勤め、収入を得るようになった。

しかし会社に行っている間は、子どもの面倒をみることができない。なんとか家にいて、子どもをみながら仕事をしたいと思い、会社勤めをしながら週刊誌にアメリカ放浪記を連載したり、あちこちに短いエッセイを書き、物書きとしての道を模索した。

月給だけで生活し、原稿料には手をつけず貯金をしていたので、一年くらいすぎて通帳を見たら三ヵ月くらいは暮らせそうなお金が貯まっていた。そこで思い切って会社を辞め、物書きという仕事に賭けてみようと決意した。

私が一心不乱に仕事をしている姿を見ていたからだろう。子どもたちは皆、協力的だった。朝は自分たちで朝食をつくって食べ、八時頃になると、トマトジュースを持って

「朝ですよー」と私を起こしにきてくれる。本当に親孝行な子どもたちだった。

アメリカでの経験をもとにした『淋しいアメリカ人』が刊行されると、大きな話題となり、私の知名度はあがった。

ただし取材されるたびに、「未婚の母」であることを話題にされる。当時の日本では、充分スキャンダラスなことだったので、世間からの風当たりも強くなった。

テレビのワイドショーに出たりすると、ずらりと並んだ私を敵視しているらしい主婦の方々が、「こともあろうに父親もなしに子どもを産むなんて」「お子さんが進学や就職、結婚のとき、戸籍の空欄を見てどんなに悩むかお考えになったことはないのですか?」などと責め立てる。

私が「ご親切にうちの子どものことまでご心配いただいて、恐縮に存じます。でも、そんな先のことより、今現在飢餓や病気で苦しんでいるアフリカの子どもたちのことをご心配いただいたほうがよろしいかと存じますが」などと口答えするので、余計皆さん、腹がたつのだろう。

幸いなことに、『淋しいアメリカ人』は、一九七二年に第三回大宅壮一ノンフィクション賞を受賞した。そのとき、私は三十四歳。授賞式に来てくれた父と母は、「このほうが結婚式なんかよりずっといい」と、涙ぐんで喜んでくれた。

大宅賞のおかげで、私はさまざまなオファーをいただくようになり、執筆だけではなくラジオ、テレビ、対談、講演と、忙しい日々を送るようになる。こうして私は名実共にひとりの物書きとなり、シングルマザーとして、自力で三人の子どもを養える環境が整った。

子どもたちを育て直す

そんなわけで仕事に忙殺される毎日を送っているうちに、気がつくと、四十歳が目の前に迫っていた。三十代はまさに疾風怒濤の日々。子どもを養うために、それこそ髪振り乱して死にもの狂いで働いた。しかも忙しいなか、私はまた新たな恋をし、その恋に破れて身も心も傷ついていた。

そんなとき、『聡明な女は料理がうまい』という本がかなり評判になり、ちょっとまとまった印税が手に入った。そうだ、この印税で自分にご褒美を与えよう。私はそう考えた。

当時の私にとって何が一番のご褒美かといえば、のんびり休暇を取ることだ。人生八十年とすると、ちょうど人生の折り返し地点。ここで命の洗濯と充電を果たしてから、もう一度生まれ直すような新鮮な気持ちで再出発したい。私は子どもたちを連れて、一年間、海外で休暇を過ごすことにした。

それまで子どもたちと、落ち着いた生活をしていなかったという反省もある。もともと「家庭好き」なので、このあたりでじっくり、子どもたちと〝暮らし〟そのものを楽しみたい。家事育児に、心行くまでいそしみたい。むしろこれこそが、一番重要な目的だった。

私は本来、家庭生活をこよなく愛する人間だ。ところが夫がいないため、子どもを扶養すべく男に伍《ご》して猛烈に働かなくてはいけない。そのため、もっときめ細かく家庭を耕したいという欲求不満に、私はいつもいらだっていた。

めまぐるしい生活の中で、子どもたちにも変化が出てきていた。経済的に厳しかった頃は親孝行だったのに、私が有名になるにつれ、子どもたちもまわりの人にちやほやされる機会が増えた。そのせいかだんだん増長し、わがままになってきたのだ。やはり親の目が届かないことが、大きな原因だろう。

ここで生活者として鍛え直し、育て直さないと、取り返しがつかないことになりかねない。私はいつもけっこう自分の直感に従って行動しているが、このときも、そんな勘が働いた。

よし、一年間仕事を休んで、子どもたちと海外で暮らそう。私はそう決断した。

言葉を鍛える

私は、葉山で育った子ども時代にその後の人生で必要な能力を磨いたと思っていたので、できれば自然が豊かな環境で子どもと暮らしたかった。

海が好きな私には、いつでも泳げる南洋の海辺で暮らしてみたいという願望もあった。ダイナミックな自然があるアフリカにも憧れた。しかし子どもの将来を考慮すると、言語について考えざるをえない。

好むと好まざるにかかわらず、英語が世界語であることは認めざるをえない。子どもたちを世界のどこでも生きていける人間に育てるためには、英語を〝語学〟としてではなく、自然な生活の一部として彼らのものにしてもらいたい。

そこで英語圏の国にしようと思い、イギリス、オーストラリア、カナダなどいろいろ検討したが一長一短だ。それなら勝手知ったるアメリカにしたほうが何かと好都合だろうという結論に達した。アメリカは広い。自然を身近に感じられ、素朴で素直な暮らしができる場所も、絶対にあるはずだ。

言葉に関しては、もう一つ、日本語を鍛え直したいという思いもあった。学校の友人やテレビなど身近な環境の影響を受け、子どもたちの言葉が乱れていることが、気になっていたのだ。

時代によって言葉が変化していくのは、当然のこと。若い人たちが新しい言語感覚で生きていくのは、自然な成り行きだ。しかし人として品性のない言葉遣いは、私には我慢がならない。

人間は、言葉でものを考え、言葉でコミュニケーションをし、言葉で生きている。言葉が雑で下品になると、人格もそれに引きずられる。また、きちんとした言葉を話せないと社会に出た際に軽んじられ、結局は自分が損をする。うちの両親も、子どもの自由は尊重してくれたが、言葉遣いに関してはひじょうに厳しかった。

しかし、子どもの言葉遣いを直すのは、決して容易な作業ではない。気がついたらすぐに注意し、しかもそれを常に続けて矯正していかなくてはいけない。だが、毎日忙しく飛び回っている私には、その余裕がない。いっそ、乱れた日本語から隔離して、私だけで一年かけ徹底的に言葉遣いを仕込んだほうが、効率がいいというものだ。

学校のことは後回しでいい

アメリカで暮らすということだけは決めたが、とくに落ち着き先は決めなかった。心に触れる場所があれば、そこで落ち着こう。行けば、なんとかなるだろう、と。

ところが、そのように話すと、ほとんどの人が「えっ！ お子さん連れなのに行く先も決めないなんて」「学校はどうなさるんですか？」とあきれかえる。

私は自分も学校嫌いだったので、学校のことを真っ先に心配するという概念がない。子どもたちも決して学校は好きではないので、通っている日本の学校を休むことになんの抵抗もないようだった。

せっかく物書きとして売れているときに休むなんて、もったいないという忠告も受けた。また、浮き沈みのある職業なのだから、将来のために、印税は資産づくりに運用すべきだというありがたいアドバイスもあった。

しかし、祖父が築いた莫大な財産を受け継ぎながら、すべてを失って困窮した父を見て育っているせいか、財産というものをまったく信頼できないのだ。お金なんて、いくらあっても当てにならないという、一種のニヒリズムというか無常観みたいなものが身についているのだろう。

もちろん、経済的安定も大切だ。しかしなまじ財産を溜めこむよりも、世界中のどこに放り出されてもしたたかに生きていけるだけの知力と健康のほうが大事なのではないか。つまり、「生きる力」だ。

子どもたちには、なるべく若いうちに、「生きる力」を身につけてもらいたい。働いて得たお金は、そのために投資することが、親としてできる最大のことだと考えた。

日本を発つ前の三週間、私は都心のホテルにこもって仕事の山を片づけ、そこから直接空港に向かって子どもたちと合流することにした。子どもたちにはそれぞれスーツケースを一つずつ渡しておき、私がいない間にそれぞれ支度をすませ、自分の人生に必要だと思うものを詰め合わせておくようにと言い渡しておいた。

空港で三人の荷物をチェックすると、三人とも服、下着、靴、文房具などをごく常識的に詰め合わせたソツのない内容だった。私はホッとしながらも、ちょっぴり物足りなかった。一人くらい、スーツケースいっぱいにマンガを詰め込むような素っ頓狂な子がいてもよさそうなのに、と。

ちなみに私のスーツケースの中身は、ほとんどが本で、あとはわずかな原稿用紙と、ジーンズとセーターのみ。そのとき、長女は十二歳、次女十歳、長男八歳。こうして親子四人、アメリカへと飛び立った。

子育てに理想の地

ロサンゼルスに到着した私たちは、最初の二日間をディズニーランドで過ごした。遊園地のような人工物が嫌いな私は、今まで子どもにせがまれても、その手のところに連れていったことはない。ただ「つくりものでもディズニーランドくらい見事なら、一度くらいは行ってもいい」と言っていたので、その約束を果たしたのだ。

二日間、遊びたいだけ遊んだら、子どもたちも満足したようだ。私は「はい、人工物はこれでおしまい。これからはアトラクションも何もない田舎で、なんでも自分たちでつくったり考えたりして暮らすのよ」と宣言し、ディズニーランドを後にした。

とりあえずたどり着いたニューヨークで、現地で暮らしている日本人彫刻家、新妻実さんの知己を得た。新妻さんは、私の話を聞いて、それならイースト・ハンプトンに住むといいと言う。そしてありがたいことに、新妻さんの友人が、イースト・ハンプトンの別荘を冬のシーズン・オフの間、安く貸してくれることになった。

イースト・ハンプトンは、ニューヨークからそう遠くない海沿いの避暑地で、夏になるとニューヨークの富豪や芸術家たちが大勢集まってくる。質素な田園生活というイメージとは少々異なるが、一刻も早く自分たちの暮らしを始めたかったので、厚意をありがたく受けることにした。

イースト・ハンプトンに着いたとたん、私はその風景の懐かしさに胸を衝かれた。森も、野原も、畑も、牧場も、農家も、教会も、子どもの頃から絵画や物語で親しんだ西洋の田舎そのものの佇まいだったのだ。そして何より、この静けさ、そして寂しさ……。

私は戦後の没落期を過ごした葉山での暮らしを思い出した。大人たちにとっては、みじめな耐乏生活であっただろうが、私は豊かな自然に抱かれ、こまやかな歓びに満たされていた。シーズン・オフの避暑地こそ、まさに私を私に育ててくれた、最も懐かしい故郷なのだ。

あぁ、ここそ、我が子を育てるにふさわしい場所だ。人の気配がないイースト・ハンプトンの海岸に立ち、私は〝約束の地〟に辿りついたような深い感慨を覚えた。

言葉の壁はなんとかなる

私はそれほど学校に重きはおいていないし、一、二年学校が遅れたところでどうということはないと考えている。だが子どもにとって学校は、出会いの場でもある。だからできれば、行かせたいと思っていた。

幸い近くに公立学校があったので、校長先生を訪ねて「子どもを入れたいのですが」とお願いしたら、女性校長はあっさり「明日からでもどうぞ」。しかも「公立なので、学費も教材費もいりません。お子さんたちは、手ぶらでいらっしゃればいいのです」と、願ってもない条件だ。

家の所在地を聞かれたので住所を告げると、その近所に何時にスクールバスが止まるから、それに乗せてもらえればいいと言う。面倒な手続きも何もない。あっけないくらい簡単に、学校への編入が決まった。こんなふうにものごとがシンプルに運ぶのは、アメリカのいいところだ。

子どもたちは、その時点では英語を話すことができなかった。私は翌朝、心細そうにしている子どもたちを叱咤激励し、「学校についたら、まずウェア・イズ・プリンシパルス・オフィスと訊ねなさい。そうしたら、誰かが連れていってくれるでしょう。校長先生にはちゃんと話してあるから、あとはなんとかしてくれるから」と言った。子どもたちは不安そうな表情で、学校へと向かった。

言葉が通じなくて意気消沈して帰ってくるかもしれない子どもたちを、せめて大好きなおやつで迎えてあげたい。そう思ってクッキーを焼いていると、庭先に弾けるような声が響いて、三人の姿が現れた。そして「おもしろかった」「友だちできたよ」「日本の学校よりずっと楽しい」と、我先にと報告する。

案ずるより産むはやすし。小さい頃からさまざまな人に触れ、人懐っこい子に育っていた三人は、あっという間にイースト・ハンプトンでの生活になじんだ。

すぐに友だちのうちにもしょっちゅう泊まりに行くようになり、うちにも友だちが泊まりにくるようになった。子どもはものすごいスピードで、生活の言葉として、英語を身につけていった。

暮らしを楽しむことが一番

子どもたちは日本にいたとき以上に、家事をよく手伝うようになった。アメリカの家は日本の家より広くて、快適に過ごすことができる。キッチンも広々としていて、使いやすい。日本の狭いアパートとは違う環境で、親子四人そろって家事をするのが、みんな楽しくてしょうがないのだ。

すぐ近くには農場もあり、子どもたちを引き連れて出かけては、子どもたちと話し合いながら何を買うかを考える。市場に行けば、農家の人たちがさまざまな野菜を売りにきているし、新鮮な海の幸が安く手に入る。

近くの海岸では、さまざまな貝がざくざく採れた。バケツいっぱい持ちかえった貝は、酒蒸し、ブイヤベース、グラタン、パスタと、さまざまな料理に変身していく。魚もよく一緒に釣りに行き、生きている鰈《かれい》を刺し身や塩焼きにしたり。野原に行けば、クレソンなど食べられる草も生えているので、籠いっぱい採って帰る。

とにかく新鮮でいい食材があるから、料理も楽しいし、食べるのはなお楽しい。子どもたちは「お母様は、タダのものばかり食べているのね」などと言いながらも、嬉々として採取生活と家事を楽しんだ。そして食事の時間ともなれば、子どもたちはその日経験したことを口々に話すので、おおいに会話が盛り上がる。

ときには大型スーパーマーケットにも出かけた。冷凍食品やインスタント食品など、手間暇をいかに節約するかという発想でつくられた食品を検討し、そのメリットとデメリットを家族で討議し、採用する価値があるかどうかを考える。スーパーの商品もディベートの議題となり、子どもたちは真剣に考え、自分の意見を述べていた。

暖炉用の薪を集めるのも、子どもたちの役目だ。裏の林を何時間も駆け巡ってやっと集めた燃料が、いかに簡単に燃え尽きてしまうのかを思い知らされ、エネルギー問題の深刻さを他人事ではなく意識するようになったのも、一つの収穫だった。

まさに自然に寄り添う暮らしだ。葉山で経験したような生活を子どもたちにも経験させることができ、私は大満足だった。

私にとって収穫だったのは、地元の方々が皆さんよく家に呼んでくださるので、ホーム・パーティーに慣れたことだ。もちろんうちにもよく皆さんをお呼びしたので、おもてなし料理が得意になった。子どもたちも、どんどん人づきあいがうまくなって友人が増えたと思う。

サマー・キャンプに放牧

アメリカは新学期の開始が九月で、七、八月は夏休み。その間、さまざまなサマー・キャンプがあるので、親と離れてサマー・キャンプに参加する子どもたちが多い。

たいていのキャンプは森や湖がある広大な敷地を持ち、水泳や乗馬、球技などほとんどのスポーツ、図画工作、音楽、演劇などの設備が整い、専門の指導者たちがいる。また指導者とは別にアルバイトの大学生たちがいて、子どもたちの世話をする。子どもが夏休みを過ごすには、理想的な環境だ。それなりにお金はかかるものの、二ヵ月という期間を考えると、納得ができる金額だ。

経済的にさほど余裕がない家庭の子どもたちは、奉仕団体が主催し、大工仕事や電気工事、看護、料理、清掃などの技術訓練を受けながら奉仕活動を行うワーク・キャンプに行く。うちの子どもたちもそうしたワーク・キャンプに入れたかったが、十四歳以上という条件に当てはまらない。そこで長女と息子はスポーツ中心のキャンプに、スポーツに興味のない次女は女子限定の上品なキャンプに入れた。

二ヵ月間、ひとりの身となった私は、このときとばかり行きたいところに行き、久しぶりのシングル生活を楽しんだ。そして二ヵ月後、まずは次女を迎えに行った。

きっと久しぶりに母親に会って大喜びするだろうと思っていたが、彼女の第一声は「あら、お母様、もう帰ってきたの?」。これには拍子抜けした。あまりにも楽しいので、二ヵ月あっという間だったというのだ。

キャンプ・シーズンの最後の数日は、ひと夏の成果を示す競技会や発表会があるため、それを見物かたがた子どもを迎えに来て近くに滞在している親が大勢いる。彼らの中には、自分たちも若い頃そのキャンプに来ていたという人も多く、一種のサマー・キャンプファミリーのような人間関係が築かれている。

また、キャンプに参加できるのは小学校一年から高校三年までだが、大学生になると今度はシッターとして、夏の間、ここでアルバイトする人が多いという。そうやって、次々と引き継いでいくのだ。これなど、アメリカのよき文化だと言えそうだ。

次に長女と息子が過ごしているキャンプに迎えに行き、二日間滞在した。その間、一緒に湖に飛び込んだり馬で野原を駆け回ったり、おおいに楽しんだ。

子どもたちはひと夏で、目を見張るほど成長した。親元を離れて自然の中で集団生活をすることが、これほど子どもをたくましく、そしてのびのびとさせるのか。アメリカという国に対しては、好きなところも嫌いなところもあるが、サマー・キャンプという子ども放牧システムは実によくできていると、心から感心した。

親が必要でなくなる日

そうこうしているうちに、予定の一年が近づいてきた。そろそろ帰国準備をすると子どもたちに告げると、まだ帰りたくない、このままここにいたいと、一斉に抵抗する。しかしすでに予算も尽きたし、帰って仕事をしないわけにはいかない。そう言うと、子どもたちは口々に「せめて来年の夏までいたい。そうすれば今の学年をちゃんと終えることができるから」と、母親を説得にかかった。しかも先生方やクラスメイトの親たちも、寄ってたかって引き止めにかかる。

子どもたちは、自分たちがアメリカにとどまれるよう、彼らなりにいろいろ策を練ったらしい。友だちの親とも相談し、私がアメリカ人と結婚したら万事解決できると、お見合いを画策していることを知ったときにはさすがに驚いた。

私にその気がないと知ると、今度は、家事はすべてちゃんとやるから、自分たちだけ残りたいと言う。しかしいくら無謀な私でも、未成年の子どもたちだけを残して帰国するわけにはいかない。すると、なんと大学を卒業したばかりの二十五歳の女性を、シッターとして見つけてきたのだ。そのお姉さんに一緒に暮らしてもらい、家事はなるべく自分たちでこなす。「決して無駄遣いはせずに、一生懸命、節約して暮らすから」、と。

とはいえ世帯が二つに分かれると、生活費がそれだけかさむ。私がなおも返事を渋ると、「お母様、よく言うじゃない。世の中に、絶対不可能なことは滅多にないんだから、何ごともはじめから諦めたりしてはいけない。あらゆる可能性を、じっと考えてみなさい、と。言われた通りに考えた末の名案なの」。

そこまで言われたら、引き下がるしかない。彼らはこんなにも成長して自立し、もう母親を必要としなくなったのか。寂しさと嬉しさが入り混じった複雑な思いを抱え、私は三人を残して、帰国することにした。

子どもたちは、頻繁に分厚い手紙を私宛に送ってきた。そこからは、きょうだい力を合わせてイキイキと暮らしている様子がうかがえた。

後になって子どもたちは、イースト・ハンプトンでの経験は最高のプレゼントだったと言ってくれた。あの経験があるのとないのとでは、その後の人生が違っていただろう、と。いつも行きあたりばったりで、無謀このうえない子育てをしてきた私にとって、これほど嬉しい言葉はない。

干渉者ではなく観察者に

家族大休暇の後、英語を忘れないよう、子どもたちをインターナショナル・スクールに入れた。私は彼らの学費を稼ぐため、寸暇を惜しんで働きに働いた。

息子は十六歳になると私に内緒で、バイクの免許を取りに教習所に通いだした。息子がバイクを買えたのは、モデルで稼いでいたからだ。それも私にはまったく内緒にしており、「お昼のパン代ちょうだい」などと言っては、私から毎朝お金をもぎとっていた。

あるとき、北海道に講演に行ったら、若い女性が「一緒に写真を撮ってください」と頼んできた。珍しいこともあるものだと思って応じたら、「わーっ、ローリー君のお母さんと写真撮っちゃった！」などと、はしゃいでいる。「なんでローリーを知ってるの？」と訊ねたら、逆に「えっ、知らないの？」と、雑誌でモデルをやっていてけっこう人気があることを教えてくれた。へぇ、そんなことをやっているのかと、正直びっくりした。そして少々、ほっとした。

というのも、たまに息子の部屋を覗き、カメラが置いてあったので、「あれっ？」と思っていたのだ。私はあまりカメラのことは詳しくないけれど、一目で高い機種だということくらいはわかる。おこづかいでは買えないはずのものが、なぜ家にあるのか。でも私はぐっと我慢し、ひそかに彼の観察を続けた。悪いことをしていたらまずいと思い、しばらく注意深く見ていたのだ。でも、そうそう悪い影はないなと思っているうちにモデルの件を知ったのだ。そして、カメラを見つけたときに焦って問い詰めないでよかったと、胸をなでおろした。

干渉と観察は違う。私は忙しかったのであまり子どもたちに干渉するヒマも余力もなかったが、かなり注意深く観察はしていた。私は干渉者ではなく、観察者であることを自らに課していた。

家族の危機

子どもたちが私に隠し事をするようになったのは、単に思春期だからというだけではなかった。実はその頃じわじわと、〝桐島丸〟に危機が忍び寄っていたのだ。そして気がつくと吃水線《きっすい》より上まで水が上がっており、このままでは船が沈みかねない状況になっていた。

きっかけは、私の結婚。四十五歳のときのことだ。

それより前、私は恋愛問題で悩んでいた。相手は中学時代に瞬間的に心を通わせ、三十年ぶりに再会した人。彼はいわゆるエリートとして仕事に邁進《まいしん》しており、スイスに転勤になったため、二ヵ月に一度私がパリに行き、逢瀬を楽しんでいた。

私は恋にのめりこみつつ、一方では冷静に彼との関係について考えていた。もし彼が私と生きることを選んだ場合、仕事も含めて多くのものを失うことになる。それがはたして、彼の人生にとっていいことなのか。すべてを失った彼を、私は受け止めきれるのだろうか。

そんな堂々巡りをしつつも、ある年、パリで年末年始をともに過ごすことになった。彼は私より一日早く、任地に戻らなくてはいけない。大雪のパリでひとり残された私は鬱々とし、とてもではないが彼と過ごした宿にもう一泊する気にはなれなかった。

そこで別のホテルに移り、翌日チェックアウトしていると、「日本人の方ですか？」と声をかけてきた男性がいた。後に夫となる勝見洋一だ。彼もちょうど日本に帰国するところだったので、タクシーをシェアして空港へと向かい、帰りの便も隣り合わせに座ることになった。

彼はパリのコンセルバトワールで音楽記号学を教えたりした後、家業の古美術商を継ぎ、仕入れや鑑定のためにヨーロッパや中国に頻繁に出かけているということだった。博識で話題が豊富なので、話がつきない。気がつくとパリから東京まで、ずっと話し込んでいた。

二ヵ月後、私は十二歳下のその男性と電撃結婚をした。スイスにいた恋人にも事後報告。世間も驚き、マスコミで派手に報道された。

結婚という形をとったのは、彼がそれを望んだからだった。たぶん、母親を安心させたいという気持ちもあったのだろう。義母と私は十歳くらいしか差がない。最初は私がかなり年上ということで、ちょっと驚いたようだが、結果的にすごく喜んでくれた。

結婚に関して、私は子どもたちにとくに相談はしなかった。長女は十八歳、次女は十七歳、息子は十四歳。ある意味一番敏感な年頃だ。夫は年齢のわりに嵩《かさ》高く、けっこうむつかしいところのある人だ。子どもたちは夫を受け入れず、家庭の中はどんどん不穏な雰囲気が立ち込めていった。

家族の分裂

私にボーイフレンドがいても、子どもたちはさほど拒否反応を示さなかったのに、このときの反発はすさまじかった。一つには、「結婚」という形をとったからかもしれない。

それまで風通しのいい自由な環境で、親子四人、まさにのびのびと航海しているような生活だった。そこにいきなり嵩高い異物が入り込んできて、でんと居座っているのだ。子どもたちにしてみれば鬱陶しいことこのうえないし、母親に裏切られたような気持ちもあったに違いない。

夫は人を喜ばせようと思って、少々話を盛るようなところもあった。私はそういう点も、彼流のエンターテインメントだと思っておもしろがっていたが、思春期の子どもは潔癖なところがあるので、ウソをついているように感じてしまう。つい辛辣に見てしまい、彼に対して信頼感を持てなかったようだ。しかも第三者が無責任にあることないこと、いろいろ子どもたちに吹き込むため、関係はどんどんぎくしゃくしていった。

結婚当初、私は間に入って、調整に苦労した。しかし子どもたちと夫との関係はいっこうによくならず、険悪になるばかり。結局、完全に断絶状態になった。

その結果子どもたちと私、夫と私と、家庭内に二つのグループができる形となった。

いくら無理をしても、努力しても、うまくいかないものはいかない。ようは相性の問題なのだ。私は両グループの融合を、諦めることにした。

その頃は本当に大変だった。

私は両方とうまくやるよう、なんとか知恵を働かせて立ち回った。まず、両者があまり交わらないよう、うまく棲《す》み分けてもらう必要がある。私はバランスをとりながら、両者の間を行ったり来たりしていた。

しかし、そんな状態が夫にとっても子どもたちにとってもいいわけはない。もちろん私の心労も並大抵ではなく、かなりエネルギーを奪われてしまう。幸い、子どもたちはそろそろ巣立ちの時期を迎えようとしていた。よし、この際、巣立ちを利用していったん家族を解散し、親子生活を卒業しよう。私は一大決心をした。

家族を解散させるイベントを考えた

私は節目節目を大事にするほうなので、五十歳になったとき、家族を解散させるためのイベントを盛大に催そうと考えた。

長女はモデルの仕事でそれなりに稼ぐようになり、自分で家を借りて独立。次女はアメリカに留学し、息子も高校を卒業してニューヨーク大学への入学が決まっていた。ついにすべての子どもたちが巣立つ時期を迎えたのだ。

それまでいつも貧乏旅行だったので、最後までケチな母親として親業を卒業するのも悔しい。今回だけはお金を惜しまず、六十日をかけて大盤振る舞いの贅沢旅行をしようと考えた。

まず香港から出発し、インド、ケニア、エジプト、モロッコ、スペイン、イタリア、フランス、ドイツ、オーストリア、イギリスをまわり、終着地はニューヨーク。その間一流のホテルに泊まり、一流のレストランで食事をする。当然、子どもたちも大喜びだ。私は「これが大人の優雅というものよ。でも、親がかりの贅沢はこれが最後ですからね。もう一度、同じところで泊まったり食べたりしたかったら、今度は自分の稼ぎでいらっしゃい」と、得意げにのたまわったものだ。

イタリアでは、喜寿になる私の母が日本からやってきて一時合流。親子三代の旅も経験できた。アメリカでは懐かしいイースト・ハンプトンも訪れ、子どもたちが通っていた学校もみんなで見に行った。

めでたく家族解散

この旅には、一つだけ条件というか、宿題を設けた。長女が絵を描き、次女は文章、息子が写真を撮り、三人で旅の絵日記をつくる。いわば我が家の卒論、卒業アルバムの制作だ。

こうした目的があると、みんな、旅の間も漫然と景色を見ているようなことはない。それぞれ自分の感性をフル回転させ、日記を書いたり、写真を撮ったり、スケッチに励む。

ニューヨークでは息子の住むアパートを一緒に探し、親としての役目をほぼ完了。あとは学費を送るだけだ。旅の途中、長女はしばらくパリで絵の勉強をしたいと言って、パリへと出発。次女はサンフランシスコの学校へと戻っていった。日本に帰るのは、私のみ。めでたく親子卒業、家族解散することとなった。
ちなみに卒業アルバムは、その後できあがるまでかなり時間を要したが、あとがきのような形で三人はそれぞれこんなことを書いている。
長女「旅行で気に入ったパリにしばらく棲むうちに、人々の落ち着いた生活に触れ、あまりに刹那的な日本が怖くなった。また、政治の話をよくする若者たちと出会い、私ももっと真面目に社会的関心を持とうと思った。日本でそんなことを言うとネクラとばかにされるけれど、そういう軽さに抵抗していこうと決心している」
次女「せっかくの国際的バックグラウンドを生かして、将来は日米のコミュニケーション・ギャップを埋めるような仕事をしていきたい」
長男「過保護の家庭で育たなかったおかげで、ひとり暮らしでもぜんぜん大丈夫だ。大学の授業もおもしろい。ときどき写真のアルバイトもあるし、今度は尊敬するカメラマンのアシスタントができそうで張り切っている」
子どもたちは、今からは自分の人生に自分で責任を持たなくてはいけない。もちろん親子だから、何かあったら相談には乗るが、あとは一人ひとりが自分の人生を背負わねばならない。

一応、親としての責任は果たしたし、肩の荷も下りたここからが私の第二の人生だ。

私はすがすがしい気持ちで、家族を卒業した。

第4章

「林住期」からの人生の楽しみ方

「林住期」という言葉との出会い

私が「林住期《りんじゅうき》」という言葉を知ったのは、家族卒業旅行の最中だ。インドを旅している間、あるアメリカ人のシニアのご夫婦と行く先々で何度か顔を合わせることがあり、お互い「またお会いしましたね」みたいな感じでニッコリと会釈するようになった。ウダイプールで湖の中に立つレイク・パレス・ホテルに投宿すると、偶然そのご夫婦も同じホテルに宿泊している。そこで子どもたちがうろうろしている間、大人どうしでお茶を飲もうということに。いろいろな話をしている中で、ご夫婦は「私たちは林住期ですから」と語った。

初めて聞く言葉だったので意味を尋ねると、ヒンドゥー教には男子の一生を四つの時期に分ける「四住期＝アーシュラマ」という考え方があるという。学問や修行に励むのが「学生期《がくしょうき》」、家庭をつくり仕事や子育てに励むのが「家住期《かじゅうき》」、自分自身の人生を静かに見直す時期が「林住期」、地位も財産も捨てて死に場所を求める放浪と祈りの余生が「遊行期《ゆぎょうき》」。

そのご夫婦は、林住期にある自分たちは、人生の秋の季節を二人でゆっくり旅をしながら静かに味わっているという。なんと素敵な生き方だろう。ふっと羨望の気持ちが生まれた。

もともと私は、人生の節目を大事にする人間だ。それまではお正月や雛祭り、誕生日、七夕、クリスマスなど、年中行事にこだわってきたが、確かに人生にも節目がある。まさに親子卒業という大きな節目の旅の途中だったので、余計その話が心に響いたのだろう。

いよいよ子どもたちも、私から離れていく。まだしばらくは学費の心配をしなくてはいけないが、それももうすぐ終わる。教育費を捻出するため、かなりのペースで仕事をする必要があったが、そろそろペースダウンして自分のための時間を増やすことができるはずだ。

これからは新鮮な気持ちで、新たな季節を生きよう。私はそう心に決めた。

林住期はリタイアではない

私は世間に向かって「これから林住期に入ります」と、宣言をした。「林住期だから」と言えば、気が進まない仕事は断る、いい言い訳にもなる。

子育てからも解放され、仕事をペースダウンすれば、自由な時間が増える。そのぶん、自分のやりたいことができる。人生そのものに関しては、ペースダウンどころかペースアップ。これからは今まで以上に行動範囲が広がるかもしれないという期待があった。だから私にとって林住期とは、決してリタイアではない。むしろ、自由の扉が開くという感覚だった。

林住期というのは、言葉としても素敵だ。ちょっと一息入れて、ゆとりをもって改めて人生と向き合い、その収穫をゆっくり楽しみましょう、という季節なのだから。

私はカナダのバンクーバーにも拠点をつくり、自然の中で過ごす時間も大切にした。

バンクーバーでは毎日のように森を散策し、海辺を歩き、庭仕事をし、ときには友だちを招いてささやかなパーティーをする。ゆったりとした時間が、それまで忙しすぎた私の心をゆるやかにほどいていった。

媚びたり執着したりすると子にバカにされる

卒業旅行で家族解散した後は、寂しいどころか、本当にさばさばした気持ちだった。ところが子どもを巣立たせた同年輩の母親たちからは、子どもが寄りつかないので寂しいとか、むなしいといった愚痴をよく聞く。いわゆる「空の巣症候群」で、軽いうつ状態になる人もいるようだ。これでは、子どもたちはますます寄りつきたくなくなるだろう。

なかには、子どもを引きとめるために若者文化に媚びて、若づくりのファッションに身を包み、流行語の口真似などをする親もいるが、こうなるともう、バカにされるだけだ。

若者には若者の世界がある。一方で、大人には大人の、奥深い世界がある。そう胸を張っていればいいのだ。

子どもは自分の世界を築くために無我夢中で、親のことなど眼中に入らないはずだ。それなのに子どもに執着し、貴重な時期を台無しにして再生の機会を無駄にしたら、それこそ取り返しがつかないことになる。

子どもより友人を大事に

林住期は、友人関係を充実させるのにいい時期だ。私もそれまで忙しくて、なかなかゆっくりと友人とときを過ごすことができなかったが、これからは大人どうしのつきあいをじっくりと味わおうと思った。

生きていれば、楽しいことだけではない。つらいことやイヤなことも、必ず人生にはついてまわる。ときには頭の中に、ネガティブな考えが湧いてくることだってある。そんなとき、友人を呼んでおいしいものでも食べながら賑やかに話すと、気がそちらにいき、頭からネガティブな思考を追い出すことができる。そのためにも年齢を重ねれば重ねるほど、いい友だち、いい人間関係は大事になる。

友人は、数が多ければいいというものではない。私の場合、来るものは拒まず、去るものは追わず。自然に任せていれば、なんとなく相性がいい人が残っていく。年齢層もいろいろで、同年輩の人もいれば、子どもたちより若い人もいる。

私くらいの歳になると、同年輩の友人は少しずつ欠けていく。年下の友人を確保しておくことも、ある程度の年齢になったら大事なことかもしれない。

夫婦の時間を大切に

子どもが巣立った後、夫婦でどういう時間を過ごすか。これも林住期の大きなテーマと言ってもいい。

子育ての間、父親は家庭をほったらかし、母親は子どもしか見ていない夫婦の場合、林住期の夫婦関係はあまり実り多いものにならないかもしれない。

私の場合、四十五歳で結婚した夫は、残念ながら子どもたちに受け入れてはもらえなかった。親子卒業後は、家庭内の不穏な空気のせいで彼なりに屈託をためていただろう夫と、なるべく多くの時間を過ごそうと考えた。

代々続く美術商の跡取りとして生まれた彼は、美術鑑定を仕事としており、中国やヨーロッパに出かけることも多い。話題も豊富だし、旅の道連れとしてはこれほどうってつけの人はいない。私は夫と世界をあちこち旅し、おいしいものを食べ、芸術や美術骨董品を見て回った。本当に楽しかったし、それだけでも結婚した意味があると思った。

子育ての真っ最中は、いつも家は散らかり放題。いつか、自分の美意識にかなう優雅な暮らしをしたいと、ずっと夢見ていた。それは、私の幼少期の思い出へとつながる。

戦後、次から次へと売り払われていく美術品を哀しく見送りながら少女時代を過ごした私にとって、美しいものに囲まれる暮らしは、ずっと蓋をしてきた渇望のようなものだった。自分で稼げるようになってからも、子どもの教育費が優先なので、美しいものを手に入れるどころではない。

子育てを卒業したからには、そろそろ、自分の趣味にお金を使おう。そう思ったときに出会ったのが、骨董だった。もともと美しいものが好きだったし、時間が幾重にも重なり、時間の結晶のような骨董に、すっかりのめり込んでしまったのだ。

手に入れた骨董は、なるべく普段の生活に使うようにしている。折り重なった時間に、私の時間も重ねて、いずれ次の世代に手渡したい。そう考えている。

「結婚」という責任

子どもさえ独立したら、夫との関係はうまくいくのではないか。そう思っていたが、軋《きし》みはなかなか解消できなかった。ひとことで言うと、彼の存在が重かった。

夫は多彩な才能と知識を持った、ひじょうに奥の深い人で、何ごとも一流で重厚でないと気がすまない。真空管を使った巨大なオーディオでワーグナーをかけ、有名なシャトーのワインを飲むことを、こよなく愛するような人だ。生活者としても有能で、私に身の回りの世話など、一切期待していない。そういう意味では、日本人にしては珍しく、自立した男性だと言える。

料理にいたっては、プロと互角に張り合えるほどの腕前。「女子厨房に入るを禁ず」とのたまい、毎日のように「今日はプロヴァンス料理にしようか、トスカーナか、それとも潮州料理にするか」といった具合で、世界中どこの料理でもつくってくれる。人様から見たら、私は本当にいいご身分だっただろう。

私はどちらかというと、簡素な野菜中心の食生活がしたいタイプだ。だがせっかく彼が人を喜ばせようと思って一所懸命つくるものだから、つい、つきあって長夜の宴となる。

彼は、五十歳を過ぎたら引き算の美学で極力簡素に身軽に暮らしたい私とは、価値観がかなり違っていた。私はいつも風まかせ気分まかせで、束縛を嫌う。精神の硬直を、何より苦手としている。しかし夫は何につけても一流でなければ論外という考え方だし、いったん頭に構築したプランは崩せない。そのため私の「朝令暮改」に、頻繁にパニックを起こす。

私たちは、夫婦としては相性がよくないのではないか。心の中でそう思いつつ、私はなかなか離婚という決断ができなかった。というのも私は、結婚したからには相手の人生にも責任を持たなければいけないと考えていたからだ。それに結婚というのは、夫婦だけの問題ではない。それぞれの親きょうだいなども巻き込むのだから、それなりの覚悟を持ってするものだ。それこそが、「結婚」という制度の意味である。結婚とはそのくらい重みがあるものだ、と——。

一方的な離婚は人を傷つける

離婚もまた、相手の人生を大きく変えることになる。双方が同じくらい相手を嫌になっていたり、それぞれ別の相手がいるのならお互い様でいいけれど、片方が一方的に別れたいというのは、相手の人生を踏みにじることにもなりかねない。

私は、「結婚」という重大な責任を負ったからには、騙されるとか、暴力を振るわれるとか、相手によっぽどの落ち度がない限り、一方的に離婚を望むべきではないという信念があった。一方的な離婚は非人道的な振る舞いであるとすら考えていた。

それに、何より相手を傷つけたくはなかった。私自身、過去につらい別れで、ずたずたに傷ついた経験がある。あんな苦しみにはもう耐えられないと思うし、人にも耐えさせたくない。

そこで私は、夫婦ではなく友人関係になったほうが彼もより幸せになれるということを、いくら時間がかかろうとも、彼に心から納得してもらおうと考えた。幸い私にはバンクーバーにも別宅があるし、横浜と東京に拠点がある。お互いに別々の場所で暮らす時間を少しずつ増やしてゆき、一緒にいるときは仲よく過ごし、距離があるほうがお互いに快適であるということを実感してもらうことにした。

これは流血を避け、なるべく相手にも傷が残らないよう、じわじわと皮をはがしていくような作業だ。もちろん、容易なことではない。少しでも力が入りすぎると、ピリッと裂けかねない。だから慎重に、へりからはがしていく、そんな感じだ。かなり知恵のいることではあるが、大人なら、それくらいの知恵を働かさなくては、とも思った。

彼も敏感なので、私の気持ちには気づきつつも、できれば離婚は回避したいと考えていたようだ。でも次第に、離婚への流れは止められないと、理解してくれた。

ただ、私は彼のお母様とは仲がよかったので、彼女を悲しませたくはなかった。義母が生きている間は別れないでいようというのも、暗黙の了解だった。

離婚後も「家族」として

義母の死後、ごく自然に離婚が成立した。長い間イメージを強化してきた、友だちづきあいという未来図に、スムーズに移行できたわけだ。かかった時間は、離婚したいと思い始めてから約十年。私は六十五歳になっていた。最後に離婚届に判を押しながら、彼がひとこと「ひどいなぁ」とつぶやいたのが、今も忘れられない。

私は「そんなこと言わないでよ。最後まで、あなたの味方だから」と、必死の思いで彼に告げた。そして彼が亡くなるまで、その約束を守り続けた。

離婚後、私たちは親しい友人として、つきあいを続けた。結婚したときに特注した二人共通のイニシャルを入れた二十人分のディナーセットは、それぞれ十人分ずつ分けたが、彼も私も来客が多いので、食器の数が足りないときには貸し合っていた。

お互いの家を頻繁に行き来もしたし、うちでパーティーをする際、彼に料理を頼んだこともある。「何か食べさせて」と、友だちを連れて彼の家に押しかけることもよくあった。

あるときなど、私と私の女友だち、彼と彼の男友だちの四人で、しばらくパリでアパートを借りて一緒に暮らしたこともある。女二人が寝ている間に、男二人が朝市に買い出しに行き、すばらしいブランチをつくってくれるのが常だった。

私が旅先で病気になったときも、連絡をしたら空港まで迎えに来てくれ、彼の家で一週間、看病してくれた。せいた気持ちで傷つけあって離婚したわけではなく、時間をかけてゆっくりと友人関係になったからこそ、お互いを思いやり助け合う関係になれたのだと思う。

私たちは夫婦であることはやめたけど、友人であり、人生の同志であった。もっと言えば、離婚してもある意味で家族であり続けた。

元夫の看取り

離婚後、夫はエッセイや料理評論、小説などを次々と発表し、物書きとしても活躍した。ところが六十三歳のとき、ALS（筋萎縮性側索硬化症）を患ってしまう。手足や喉など、全身の筋肉がだんだんやせ細り、やがて歩くのも呼吸も難しくなる難病だ。あまりにもかわいそうで、私は離婚さえしなければ彼がこんな病気にならなかったのではないかと、自分自身を責めた。

彼は最期、私の腕の中で息を引き取った。その瞬間、喉仏がくっと上がり、私は「あ、今魂が抜けていったのだ」と、はっきりと感じた。享年六十四。早すぎる死だった。

彼は私に、葬式も墓もいらない、一緒に旅した世界中の懐かしい場所に撒いて歩いてくれたら嬉しいと遺言を残した。

思い出の地、バンクーバーでも、親しかった人を招いてお別れの会をした。そのとき私は、こんな挨拶をしている。

「病名を宣告され、死を免れない病と知った勝見は、深い思念と愛を感じさせる充実した時間を見事に生き切りました。短すぎたとは思いますが、好きなことを目いっぱいしてよい人生だったと思います。葬式も墓もいらない。親しい友だちだけ招いて、うまい酒と料理で陽気な追い出しコンパを楽しんでほしい、というのが最後の注文でした」

その彼の願いどおり、彼の好きだった料理やワインを愉しみ、故人をしのんだ。

七十代で一番つらかったのが、元夫の死だ。今も、彼がこの世にいないのがすごく寂しい。他の人の死には慣れたが、彼の死に関しては、いまだに完全に受け入れることができない。これほど私にとって、大切な人だったのか。

彼の命が失われて初めて、まざまざと思い知らされた。

熟年離婚は是か非か

八十歳近くになった今頃になって、はたしてあのとき離婚したのがよかったのか、ふっと後悔に似た気持ちが心をよぎることがある。離婚後も、あれだけ仲よく過ごすことができたのだ。それなのに、なぜわざわざ離婚をしたのか。お互いに自立した人間どうしとして、距離をおきつつ、結婚を維持することもできたのではないか。彼には申し訳ないことをした、と——。

若いときであれば、どうしてもやっていけないと思ったら、パッと別れて仕切り直したほうがいいかもしれない。新しい出会いが待っているかもしれないし、相手も若くて傷が浅いだろう。しかし一緒に築いてきたものが多い熟年の場合は、慎重になったほうがいいかもしれない。

私の母も、父の女性関係に傷ついて何度も離婚を考えたようだが、結局は離婚の決断はしなかった。そして老年になるにつれて、本当にお互いがお互いを必要とし、いたわりあう関係になっていった。

迷いつつときを過ごしているうちに、関係性が変わることもある。歳を重ねることで、お互いがいい伴侶に成長することもある。海辺のベンチに並んで座ってじっと水平線を眺めていたり、手をつないで森を歩いている老夫婦などに出会うたびに、いいなぁ、これが本当に結婚というものだろうなぁと、うらやましく思う。いろいろな波瀾を乗り越え、男と女という生々しいものを超越してしまった境地にこそ、結婚の醍醐味があるのかもしれない。

悲しみや苦しみはひとりで処理したほうが気楽だが、喜びや楽しみはそれをわかちあう相手がいなければつまらない。おいしく熟れた果実を味わう収穫の秋の熟年期こそ、伴侶がいたほうがいい。だから多少の我慢をしても、夫婦という関係を大事にしたほうがいいのではないだろうか。

離婚に十年かけたとはいえ、私はたぶん早計だったのだろう。だが、今さら時間を戻すわけにはいかない。失ったものの大きさに、がらにも似ず、ふっと涙ぐみたくなることがある。

生活は楽しむためにある

私はあまりよその家庭に興味がないが、横目でチラチラと世間を見ていると、「生活は楽しむもの」という概念があまりない人も多いようだ。

子どもは勉強が仕事で、母親はまるで家政婦のよう。そして父親は出稼ぎに行っている。そんな家庭も少なくない。

「生活を楽しむ」というと、つい親たちは、子どもをディズニーランドに連れていくなど、外から楽しむためのものを与えなくてはいけないと思いがちだ。しかし、暮らしそのものが楽しいというのが、一番いい家庭なのではないだろうか。

たとえば家族みんなで料理をつくり、みんなで楽しく食べる。そしてお客様が来たら、台所にお通しし、「キッチンテーブルで一緒に食べましょう」と誘う。そんな家庭が私の理想だ。

私自身は、いつもそれなりに生活を楽しんできた。料理もインテリアも、暮らしの大事な要素。私なりの美意識で暮らしを彩ってきたつもりだ。

子どもたちも大人になり、暮らしを楽しむ人間になった。とくに長女は暮らしそのものを自分の表現と考えているようで、美しいものを生活に取り入れ、丁寧に暮らしている。息子も一時は茶道に凝っていたようで、自分なりの美意識を大事にしている。

暮らしを大事にするというと、余裕がある人にしかできないことだと思われがちだ。でも、必ずしもそうではない。その気持ちさえあれば、工夫次第で、なんとかできるものだ。

ただし昨今は経済格差も広がりつつあるので、家計が苦しいご家庭では生活を楽しむどころではなく、母親も汲々《きゅうきゅう》とせざるを得ないだろう。一方、経済的に恵まれた家庭では、見栄を張った子育てをしがちだ。なかなかほどよい落ち着きどころがないのが、今の日本の大きな問題かもしれない。

子や孫より自分優先

独立した子どもたちはそれぞれ家庭を持ち、気がついたら孫が七人。よくぞここまで、増殖したものだ。

世間ではよく「孫は子よりもかわいい」と言うが、私にはあまりそういう感覚がない。ベタベタかわいがるつもりは、まったくないのだ。七人いる孫の年齢も覚えていないのだから、ずいぶん冷淡なオバアサマだ。

世間では祖父母が何かと孫のためにお金を出すようだが、私はそんなことはしない。精いっぱい働いて子どもを育て上げ、それで役割を果たしていると思っているから、孫の援助までする必要はないと思っている。

とはいえ、太古からつながってきて自分が継いだ生命が、孫たちに枝分かれし、また新しい人生をつくり歴史を紡いでいくのだという、なんとも言えない感慨はある。子どもを産むというのは、なんとすごいことなのだろうか、と。だから子どもや孫からなんらかの助けを求められる事態になったら、できるだけのことはするつもりだ。いざというときには、孫や子どものために自分の命を投げ出すくらいの覚悟はある。

子どもたちの家にご飯でも食べに行けば、当然、孫とも顔を合わせる。しかし今のところ、会話はほとんど成立しない。娘が気を使って「グランマはなんでも知っているから、いろいろと聞いてごらんなさい」と水を向けても、世界がぜんぜん違うわけだから、孫も何を聞いたらいいのかわからないはずだ。

だから何も無理して、年寄が孫に合わせることもないし、孫もまた年寄りに合わせることはない。子どもたちは子どもどうしで、仲よくつきあえばいいのだ。私は私で、大人どうしの社交で忙しいので、孫たちにかまけている時間はない。

孫がもう少し大人になり、知的な会話ができるようになったら、会話を楽しむようになるかもしれない。その日を楽しみにしている。

家族は身内以外でもいい

私は今、五十代の親友夫婦とその子どもと、ハウスシェアをしている。七十歳になったのを機に「森羅塾」を始めたのがきっかけだ。

テレビを中心としたマスコミの軽薄なバカ騒ぎには飽きたので、これからはミニコミのようにお互いの声と想いが届く範囲で本当に伝えたいことを伝えようと思い、小さな寺子屋を思いついた。森羅塾では私も塾長として自分の経験や人生も語るが、さまざまな分野の先生の応援も得て、美しい日本語、自然と健康、親子関係など、何かしら世直しにつながる講座を開くつもりだった。

講座以外にも、月に一度くらいはパーティーをし、志ある人が集まる場にしたい。みんなで一緒に料理をつくるのもよかろう。そのためには少なくとも二十畳以上のリビングルームがあり、大勢の人が集えるだけの広さがある家が必要だ。家探しは難航したが、運よく、都心にほど近い閑静な住宅地に、うってつけの家を借りることができた。

その家で友だち夫婦とシェアをし、すでに十年近くになる。一緒に暮らしているうちにその夫婦に子どもが産まれたので、血のつながらない三世代同居といった感じだ。

基本的にダイニング・キッチンが共有スペースで、それ以外は別空間で生活。人の気配を感じつつ、お互いに干渉することなく、適度な距離を保ちながらの同居だ。家事は適当に、お互いにできることをしているが、私が料理、友だちが掃除を受け持つことが多い。子どものお守りはしないが、生まれたときから成長を見ているぶん、別居している孫よりも親しく、理解もしやすい。

私にとって友だち親子は、広い意味の家族と言ってもいい。いわゆる血縁ではない人と家をシェアし、家族として生活するようなことも、今までの経験の上に成り立っている関係だろう。葉山時代もわりと大きな家だったので、親戚や知人と同居して暮らしていた。アメリカでも、子連れで人のうちに居候していたこともある。

家族とはこういうもの、家庭とはこうあるべきといった固定観念は、私にはない。今の私みたいに、「家」や「血」にこだわらず、ゆるやかに支え合う〝家族〟関係も、あっていいのではないだろうか。

ハウスシェアする場合は、相手を選ぶのも大事だ。やはりあまり感性に隔たりがあっても、うまくいかないだろう。好きなものは違っていてもいいが、嫌いなものが同じであるのが、うまくいくコツだと思う。

これは夫婦も同じだ。夫婦は、人生をシェアするのだから。ある意味、夫婦は最高のシェア形態だと思う。もっとも恋をしているときは物事が見えなくなるので、必ずしも最適の相手を選べるとは限らないが——。

歳を重ねても友人はつくれる

森羅塾をやってよかったのは、行き場のなかった主婦の方たちが、森羅塾でさまざまな人と出会い、自分を表現できるようになったことだ。皆さん、人と触れ合う場所、そして少しは知的な会話ができる場所を求めていたのだろう。

社会とあまり触れ合うことなく過ごしてきた主婦の人たちは、人とうまく触れ合い、理解し合う能力を、なかなか磨く機会がない。でも本当はみんな、それぞれもの言いたい気持ちを抱いているはずだ。でも、それを言わずにすませてしまう人が多い。

人とうまく触れ合い、理解し合い、言いたいことを言って自己表現できるようになると、人生がかなり楽しくなる。

子どもが巣立った後、充実した楽しい人生を送るには、友人や仲間は大切。ボランティアでもサークルでも、なんでもいい。新しい出会いの可能性を求めて、ものは試しで、積極的にそういう場に足を運んでみたらどうだろうか。

第5章

美しき老後に向けて

人生は回り持ち

二〇一四年、五十歳を迎えた長女とその夫が、かつての親子卒業旅行にならって海外旅行を大盤振る舞いしてくれた。長女一家と私、次女とその娘の、計九人の大所帯だ。

何ヵ国か回ったが、最後の滞在地が、インド洋に浮かぶ小さな島国モルジブ。純白の砂浜と紺碧の海という、まさに南洋の極楽にたゆたいながら、私もこんな親孝行をされる歳になったのかとちょっと複雑な気持ちになった。

五十歳のとき、三人の子どもを引き連れて親子卒業旅行に出かけてから二十七年。親子関係が一巡したと言ってもいい。

娘夫婦が旅行を計画してくれたのは、自分が子どもとして経験した旅が、本当に楽しかったからだろう。そう思ってくれていたというのは、親として心から嬉しく思う。歴史は繰り返す、とでも言えばいいのか。これだけの旅行を振る舞えるだけの甲斐性がある子がいて、つくづく幸せだと思う。

長女は贅沢を楽しむのも好きだが、見栄のためにお金を使うようなことはしない。余裕ができたら、思い切ったことに使う。なんと彼女は貧しいミャンマーの子どもたちのために、お寺の境内に学校を建てたのだ。学校の運営はお坊さんに任せるので、娘は校舎の建設費を寄付するだけだが、私もその心意気を応援しようと、多少の寄付を託した。

開校式には、娘家族一同に私も同行した。何より感心したのは、ミャンマーの人々が温和で優しいこと。老人や病人は、家族親戚隣組みんなで力を合わせて、懸命に面倒をみる。日本で頻発する親殺しや子殺しなど、ミャンマーでは考えつかない。子どもたちも、昔ながらの純粋な子どもらしい笑顔にあふれ、まるで珠玉のようだ。たいてい両親ともども働いており、子どものうちから妹や弟の世話をするのが普通なので、寺子屋は途中で帰宅したり赤ん坊を連れてくることもでき、子守りと勉学が両立するようになっている。

娘が第三世界の状況に興味を抱くようになったのも、あの親子卒業旅行の影響もあるようだ。インドやアフリカなどでは、ストリートでものを売ったり物乞いをしている子どもたちの姿も、いやでも目にすることになる。そういう子どもたちに大事なのは教育だと感じ、そのために少しでも何かできればと考えたのだろう。

自分が稼いだら、必要としている人たちのために役立てる。それも、広い意味での回り持ちだ。宝石でも高級外車でもなく、そういうことにポンと大金を使う娘に育ってくれたのが、母として何よりも嬉しい。

歳を重ねたら身ぎれいに

人間、歳をとると、どう贔屓《ひいき》目に見ても若いときよりきれいではなくなる。だからそのぶん、おしゃれで補ったほうがいい。

外出する際は、自分は動く景色であると考えて、客観的に自分を見てみたらどうだろう。往来を歩くオブジェである以上、あまり醜いようでは、まわりの人に少々失礼だと思う。誰にとっても、醜いものを目にするのは、あまり嬉しいことではないのだから。

歳を重ねれば重ねるほど、できるかぎり美しくあろうとするのは、社会的エチケットだと思う。

表情も大切だ。電車の中で座って前の座席の人を見ていると、ほとんどの人が、死んだような顔か不機嫌な表情をしている。たぶん疲れているのだろうが、見ているこちらまで気持ちが沈んでくる。もう少し口角を上げるとか、できないものだろうか。

私はいつも、なるべく楽しいことを考えるようにしている。すると自然に、表情が明るくなる。過去の楽しいことを思い出してもいいし、これからこうしたい、ああしたいと、未来を夢見るのでもいい。頭の中では、何を考えるのも自由だし、どんなことでも経験できる。だったら楽しいことを考えたほうが得だし、逆につらいこと、悲しいことを考えるのは損だ。

サマー・キャンプの校長を夢想

そんなわけで私はいろいろなことを夢想する習慣があるのだが、頭の中で思い描いて楽しいのが、サマー・キャンプの校長になる夢だ。イースト・ハンプトンで家族大休暇を楽しんでいた頃、三人の子どもたちをサマー・キャンプに入れ、つくづくいいシステムだと思った。しばらく家を離れると家族のありがたさもわかるし、大自然の中でさまざまな年代の人たちと過ごすことで、他人とのコミュニケーションも養える。心身ともにたくましくなり、一段成長することができるのだ。

日本もいくらでも自然があるのだから、過疎で使わなくなった学校の校舎などをうまく利用して、子どもたちが素朴な生活を体験できるような場所があればいいのにと思う。外国人の大学生をアルバイトに雇えば、子どもたちも英語に接することができ、国際感覚も養える。

私にお金があればすぐにでも始めたいが、なかなか先立つものがない。どこか成功している企業で、そういうことに乗り出すところはないのだろうか。両親も、期間中数回見学に来て、母親教室などに参加するのもいいかもしれない。

もっとも日本の場合は、責任を負うのが怖いという理由で、運営者や指導者になりたいという人は少ないかもしれない。親もむやみに心配性の人たちが多いから、子どもを長期間預けるのは躊躇しがちだろう。

しかし、あまり心配しすぎないことだ。マイナスのことを考えだしたらきりがないし、子どもをますますひ弱にし、抑圧することになりかねない。不安や心配を手放すことも、大事だと思う。

日記を書くならおもしろいことを

祖母が亡くなったのは七十七歳、母もだいたい同じ年齢に逝った。今や私は二人の年齢を超えてしまったわけだ。

祖母がどんなことを考えて生きていたのか、同居していた当時の私にはわからなかった。正確に言うと、そんなことを考えようともしなかった。それは、どこの家庭でも同じだろう。みんな自分のことで忙しく、一世代上の人の心のうちなど、斟酌《しんしゃく》している暇はない。

もし、孫たちに自分のことを覚えていてもらいたいなら、日記を残すといいかもしれない。ただし、おもしろいことだけを書くのがミソだ。おもしろければ、子や孫も興味を持ってくれるだろう。逆にぐずぐず愚痴ばかり書いていたら、とても読む気にならない。

あるとき、母が残した日記が見つかったが、私はいまだに全部目を通してはいない。生々しくて、あまり見たくない部分が多いからだ。書くほうは、自分の悩みや苦しみをほかにぶつける場がないから、日記に書いたのだろう。しかしそのタイプの日記は、子どもにとって嬉しいものではない。

これからはサバイバル能力が何より大事

思い起こせば私の人生はかなり波瀾万丈で、豊かなときもあれば極端に貧しい時期もあったし、荒波が立つときもあれば、凪いだ時期もあった。育った家庭も決して平穏ではなかったが、さまざまな修羅場を潜《くぐ》り抜け、林住期以降はおかげさまで心穏やかな日々を送っている。

三人の子どもたちは、日本の一般的な同世代の人たちよりは、多少はタフな状況を経験してきたと思う。しかし私に比べると冒険をしていないぶん、たくましいとは言いきれない。ある程度のことには耐えられても、本当の修羅場には立つのは難しいのではないだろうか。

私もここまでの歳になったら、逆縁ということはまずないだろう。順当に行けば、私のほうが先に逝く。それも、そう遠いことではない。だからこちらは、最後まで子どもを守ってやるわけにはいかない。そう思うと、もっと過酷な体験をさせてもっとたくましく育ててもよかったのかなと、ちらりと思ったりする。

世の中は何やら不穏な空気が立ち込め、これから先、どうなるかわからない。今、子育てをしている親たちは、ただ子どもに「幸せになってほしい」と願うだけでは不安だろう。だからサバイバル能力を高める訓練を、子どもが小さいうちから意識的に行ったほうがよさそうだ。親は「かわいい子には旅をさせろ」を肝に銘じ、ときには子を崖から突き落とす親獅子の勇気を持つことも必要かもしれない。

初めてのお墓参り

ごく最近、フロリダにある子どもたちの父親の墓に初めてお参りした。彼の墓の隣には、早くに亡くなった彼の息子の墓もあった。好き勝手に生きた人だったが、こうして仲よく親子で眠ることができたのなら、それでいいではないか。ふっと、優しい気持ちが心の中に広がった。私は彼の墓の前で、「おかげさまで、三人の子ども、七人の孫に恵まれました。あなたのおかげです」と心からの感謝をこめて冥福を祈った。

彼は私と別れた後も、子どもたちとはよく会っていた。クリスマスプレゼントなども届けに来てくれたし、子どもにとっては、サンタクロースのおじさんみたいな存在だったかもしれない。

彼の訃報を聞いたのは、息子の結婚式の直前だった。九十歳を超えての大往生であり、私は今さら悲しみもしなかったが、息子は無理やりスケジュールを調整してフロリダまで行って葬儀に参列した。やはり父親に対して、何か特別な思いがあったのだろう。

条件さえ許せば、私はたぶん彼と法的に結婚したと思う。結局かなわなかったし、彼にはさんざん振り回されたが、人間八十歳近くになると、ほとんどのことは許せるようになる。そして、何もかもが遠い風景のようにかすんでいく。何よりこうして、大勢の家族を得ることができたのだ。今となっては感謝の思いしかない。

先住民の長老のように

八十代を目前にした私が今、目標としているのは、アメリカ先住民の長老のようになることだ。現役としての役目は引退し、鷹のように広い視野で子や孫を見守り、ところどころで風がささやくように、軽やかにちょっと気の利いた助言をする。そんなふうになれたらいいな、と。実際にアメリカで、そういった情景を見たことがある。

長老を中心に人々が輪になり、一人ずつ順番に自分の喜びや悲しみを語る。話の合間に、長老は実に的確なコメントをするのだが、その言葉がまるで首飾りにきらめく宝石のような力があるのだ。私も子や孫たちの話に耳を傾け、首飾りの玉のきらめきのような言葉を与えられる存在になれたらいいのにな、と願っている。

子どもたちも、すでに中年の域に達している。それでもときには、私に何かを相談してくることもある。そういうときには、自分の経験に即して、私にできる範囲で助言もするし、助けもする。

私の予感としては、あと十年くらいは生きそうな気がする。これからの十年、私はできれば長老として過ごしたい。

夢はシニアのサロン

今は友だち家族と一緒に暮らしているため、一種のパラサイトとも言える。しかしそろそろ私の人生も、最終段階だ。このあたりで終《つい》の棲家《すみか》を考えてもいいかな、という気がしている。そしてそこを拠点に、人生総仕上げのサロンを開きたいのだ。

日本ではなかなか、歳をとった人たちが集まる場所がない。同窓会みたいな一年に一回のものはあるかもしれないが、そうではなく、行きたくなったらふらりと足を運べるサロンみたいなものがあればいいなと思う。私は骨董をかなり所有しているが、しまったままのものもかなりある。それをサロンに飾り、美しいものを愛でる空間にもしたい。

できることなら、最後の恋もしたい。支え合う相手がいたほうがいい。心細くなる年代だし、やはりパートナーはいたほうがいい。最後は楽しく、パートナーと笑って暮らしたい。ビューティフル・エイティに向けて、夢はどんどん広がっていく。

「家族」とは大河のようなもの

振り返ってみると、私は今まで、三十回以上は引っ越ししているはずだ。四畳半一間のアパートもあれば、広い一軒家のときもある。そのときどきの状況につれて住まいも変わっていったが、一つだけ一貫しているのは、よく人が集まることだ。

親と一緒のときは使用人ぐるみで暮らしていた時期もあるし、親戚一家や亡命してきた外国人が居候していたこともあった。初めてひとり暮らしをした四畳半にも、泊まり客はひきもきらなかった。ともかく、そのとき我が家で暮らしている人間を「家族」だと思い、ことさら身構えることなく無造作に共生してきた。

そこに相次いで三人の子どもたちが舞い降りてきて、二十年近く生活を共にし、やがて彼らは自立して新たな場所へと旅立っていった。

私にとって「家族」とは、人生の時間とともに景色を変えながら穏やかに流れる大河のようなもの。フレキシブルな包容力のある、気楽な人間関係だ。かっちりと無駄なく計算された伸縮性のないマイホームは、私には息苦しい。

この先どうなるのか、自分でもわからない。しかし病気になったとしても、万が一倒れて寝たきりになったとしても、きっと誰かが助けてくれるだろう。私には大勢の「家族」がいるのだから。

おわりに

二〇一六年の末から二〇一七年のお正月にかけて、長女の家族と山の家で過ごした。私はもっぱら読書三昧。山の家に持っていった本はゆうに十冊を超えていただろうか。

庭で炊き火をしているからと娘から声がかかり、出ていくと、孫たちが楽しそうに火を囲んでいる。私も丸太に座り、しばし火を見ながら、そういえば子どもたちとアメリカで暮らしたときもよく家族で焚き火をしたものだと懐かしく思った。たぶん、娘もその頃のことを思い出したのだろう。お正月の写真をfacebookにアップし、「グランドマザーグース・洋子と三匹の孫豚たち」などとタイトルをつけていた。私が子どもたちとのアメリカ生活を綴った『マザー・グースと三匹の子豚たち』をもじっているのだ。

かつての私は、自分にこんな穏やかな老後が訪れるとは思ってもいなかった。戦争に彩られた上海での体験、時代に翻弄されながら私を育ててくれた両親の姿、実家の没落と家族の相克。そして、私が仕事をしながら結婚せずに子どもを三人産んだこと、その子豚たちを引き連れてあちこち旅をしたこと。突然の結婚、離婚……。今回、改めて振り返り、よくもまぁこれだけ波瀾万丈な人生を送ってきたものだと、少々あきれている。

しかしどんなときでも、私にとって家族は大事な存在だった。だからといって家族に縛られていたわけではないし、家族を縛ってもこなかった。私は子どもに媚びないいし、子どもたちも母親である私に媚びることはない。

家族というのは、それぞれが自立していて気楽で楽しい関係なのだ。その関係はこれからも変わらないだろう。しかし人生が終焉に近づいたとき、きっと子どもたちは、消えゆく焚き火の火を惜しむようにそばにいてくれるに違いない。それまでの間いましばらく、私らしく羽を伸ばして、自由に生きていこうと思う。
本書を上梓するにあたっては、中央公論新社の府川仁和さん、三木哲男さんにお世話になった。深く感謝したい。「私の家族」の風景を思い出す作業は、とても楽しい時間だった。

二〇一七年二月吉日

桐島洋子

本書は書き下ろしです

桐島洋子　Yoko Kirishima

文筆家。エッセイスト。1937年、東京生まれ。40年、３歳で上海へ引っ越し、44年に帰国。56年都立駒場高校を卒業して、文藝春秋新社（現・文藝春秋）に入社。９年間のジャーナリズム修業ののち退社し、フリーのジャーナリストとして世界を巡る。67年に従軍記者になり、ベトナム戦争を体験。68年からアメリカで暮らし、70年処女作『渚と澪と舵――ふうてんママの手紙』刊行を機に帰国。72年『淋しいアメリカ人』で第３回大宅壮一ノンフィクション賞を受賞。以来マスメディアの第一線で著作・テレビ・講演など幅広く活躍しながら、独身のまま、三児を育て上げる。ベストセラー『聡明な女は料理がうまい』をはじめ、女性の自立と成熟を促したエッセイ多数。子育て終了後は〝林住期〟を宣言。人生の成熟を穏やかに愉しみ、環境問題・ホリスティック医療などにも関心を深めている。

媚《こ》びない老後《ろうご》
——親《おや》の本音《ほんね》を言《い》えますか？

2017年3月10日　初版発行

著　者　桐島洋子《きりしまようこ》

発行者　大橋善光

発行所　中央公論新社

〒100-8152　東京都千代田区大手町1-7-1
電話　販売 03-5299-1730　編集 03-5299-1870
URL http://www.chuko.co.jp/

DTP　市川真樹子
印　刷　三晃印刷
製　本　大口製本印刷

Published by CHUOKORON-SHINSHA, INC.
Printed in Japan　ISBN978-4-12-004958-3 C0095